Heldenspiel

ECON Unterhaltung

Weitere Titel von Jack Higgins im ECON Taschenbuch Verlag:

Zum Buch

»In fünf Jahren war ich dem Tod gegenüber unempfindlich geworden. Auch in seiner gräßlichsten Form. Seit langem berührte mich
der Anblick einer Leiche nicht mehr. Ich hatte einfach schon zu viele
gesehen. Briten und Deutsche trieben da unten dicht nebeneinander.
Irgendwie bezeichnend, daß ich sie von meinem Platz aus nicht einmal unterscheiden konnte.«
St. Pierre im Zweiten Weltkrieg: Die Deutschen haben die maleri-
sche Insel im Ärmelkanal besetzt und wollen von hier aus einen letzten verzweifelten Versuch unternehmen, den Gegner zu stoppen.
Doch die Briten kennen den Plan längst und setzen ihren besten Mann
ein, Owen Morgan. Er soll den feindlichen Schlag sabotieren.
Morgan riskiert Kopf und Kragen, aber als das Spezialkommando
scheitert, bricht die Hölle los, und Freund wie Feind werden nur mehr
zu ohnmächtigen Marionetten in einem grausamen Spiel um sinn-
loses Heldentum …

Zum Autor

Jack Higgins versuchte sich zunächst in den verschiedensten Beru-
fen, vom Zirkushelfer bis zum Versicherungsvertreter und An-
gehörigen der Royal Horse Guard, um schließlich an der Universität
London Soziologie und Sozialpsychologie zu studieren. Dem ehemaligen englischen Geheimdienstmann gelang mit seinem Roman
»Der Adler ist gelandet« 1976 weltweit der Durchbruch als Autor von
Thrillern und Kriminalromanen.

Jack Higgins

Heldenspiel

Thriller

Aus dem Englischen
von Inge Wiskott

ECON Taschenbuch Verlag

Dieses Buch ist gedruckt auf 100 % Recyclingpapier.

Lizenzausgabe
mit Genehmigung des Scherz Verlages, Bern und München

Veröffentlicht im ECON Taschenbuch Verlag GmbH, Düsseldorf,
1995
© 1989 für die deutsche Ausgabe by Scherz Verlag
Titel des amerikanischen Originals: *A Game For Heroes*
© 1970 by James Graham
Einzig berechtigte Übersetzung aus dem Englischen von Inge
Wiskott
Umschlaggestaltung: Theodor Bayer-Eynck, Coesfeld
Druck und Bindearbeiten: Ebner Ulm
Printed in Germany
ISBN 3-612-27083-4

1

Kurz nach der Morgendämmerung kamen die Leichen mit der Flut herein. Sie hoben und senkten sich in Knäueln in der Brandung und wurden dann auf den Strand geschwemmt – gut dreißig Meter unterhalb meines Verstecks.

Als Junge hatte ich unzählige Male in dieser Bucht geschwommen. Bei Ebbe ein fabelhafter Strand. Mit Minen besät und durch Stacheldraht auf rostigen Stangen versperrt, sah er allerdings jetzt wenig einladend aus. Kein schöner Ort an einem kalten Aprilmorgen – nicht für Lebende und auch nicht für Tote.

Nieselregen und Frühnebel verdeckten die Sicht – selbst Fort Victoria auf der nahen Felsspitze hinter Granville war kaum zu erkennen.

Ich nahm eine Zigarette aus der wasserdichten Büchse, zündete sie an und sah zu, wie immer mehr Leichen anschwemmten. Keineswegs aus morbider Neugier. Mein Versteck in den Ginsterbüschen konnte ich erst bei Nacht verlassen. Jeder Versuch, bei Tag weiterzukommen, hätte mich auf dieser winzigen Insel unweigerlich in Gefangenschaft gebracht. Vor allem jetzt, wo man von meiner Anwesenheit wußte.

In fünf Jahren Krieg war ich dem Tod gegenüber unempfindlich geworden. Auch in seiner häßlichsten Form. Seit langem berührte mich der Anblick einer Leiche nicht mehr. Ich hatte einfach schon zu viele gesehen. Briten und Deutsche trieben da unten dicht nebeneinander. Irgendwie bezeichnend, daß ich sie von meinem Platz aus nicht einmal unterscheiden konnte.

Eine kräftige Welle hob die nächste Leiche empor, warf sie weiter auf den Strand als die anderen. Beim Aufkommen löste sie eine Mine aus, kam nochmals hoch, mit schlenkernden Armen, als sei noch Leben in ihr. Was übrig war, blieb wie ein Stück rohes Fleisch auf dem Drahtverhau hängen.

Von einer gelben Rettungsweste getragen, trieb etwa zehn Minuten später der nächste Körper herein. Die See zog sich mit lautem Schmatzgeräusch zurück, der Mann blieb mit dem Gesicht nach unten liegen. Schien sich ganz schwach zu bewegen. Erst hielt ich es für einen Lichtreflex; oder war es die aufgeblasene Weste, die den Gliedern im Wasser Bewegungsfreiheit gab? Nein – als der grüne Schaumvorhang wieder hereinschwappte, krampfte sich ein Arm nach oben, und als der Mann gegen den Drahtverhau gedrängt wurde, meinte ich, einen schwachen Schrei zu hören.

In den nächsten paar Minuten erreichten ihn die nachkommenden Wellen nicht mehr. Er lag erst wie erschöpft da, versuchte dann, sich aufzurichten, aber der nächste große Brecher drückte ihn wieder zu Boden. Als das Wasser zurückfloß, lebte er noch immer. Lange konnte jedoch das Spiel nicht mehr dauern.

Ich duckte mich in meinem Buschversteck und wartete, ob etwas passierte. Irgendwas, das mir ersparen würde, den Helden zu spielen. Und es passierte auch – allerdings von unerwarteter Seite, aus den Klippen rechts von mir, vom schmalen Strand her.

Zuerst hörte ich nur aufgeregte Stimmen, dann tauchten einige Männer auf. Blieben etwa zwanzig Meter über der Bucht stehen. Leute von der Organisation Todt, arme Schweine, die man von Frankreich herübergebracht hatte, um an den Befestigungen zu arbeiten. Nach den Schaufeln und Pickeln zu schließen, offenbar ein Straßenbautrupp. Wachen sah ich keine. Durchaus nicht ungewöhnlich, denn die Insel war das beste Gefängnis, das man sich wünschen konnte.

Sie schienen erst zu streiten, dann löste sich einer aus der Gruppe und glitt den Hang zum Strand hinunter. Ließ sich die letzten Meter in den Sand fallen, stand auf und näherte sich dem Drahtverhau. Tapferer Kerl! Oder wußte er nicht, wie nahe der Tod ihm war?

Eine zweite große Woge wusch noch eine Leiche ins Minenfeld. Eine Eruption folgte, einen Augenblick lang kochte die See. Als das Wasser zurückwich, lebte der Mann in der Rettungsweste immer noch.

Lange hielt der nicht mehr durch. Nicht ohne ein Wunder, und dieses Wunder würde wohl Owen Morgan heißen. Der Arbeiter hatte sich bäuchlings hingeworfen, erhob sich dann und blieb unsicher stehen. Der wußte jetzt Bescheid über Minen. Nur Narren marschierten in so eine Todesfalle – Narren oder Menschen, denen alles egal war.

Ich nahm die Mauser mit dem knolligen Dämpfer aus der Halterung hinten im Gürtel und steckte sie in die Tasche meiner Seemannsjacke. Zog die Jacke aus und stopfte sie in den Spalt unter dem Überhang, der mir Schutz bot, steckte mein Messer in die rechte Hosentasche. Die Schnappfeder konnte ich mit einer Hand betätigen; im Wasser unter Umständen ein unschätzbarer Vorteil. Was noch? Meine Erkennungsmarken steckten sicher im Geheimfach des Gürtelfutters. Die schwarze Augenlasche hätte ich beinahe vergessen – in der Brandung blieb sie wohl kaum auf ihrem Platz. Ich zog am Gummiband, so daß sie mir lose am Hals baumelte.

Bei den Blinden ist der Einäugige König – weiß Gott, warum mir gerade der Spruch jetzt einfiel, während ich ungesehen etwa zehn Meter hinunterkletterte. Kaum stand ich auf dem vorspringenden Felsen am Fuß der Spalte, entdeckten mich schon die Arbeiter auf dem Hügel. Ihr Kamerad unten stand mit dem Rücken zu mir am Drahtverhau, suchte nach einem Durchgang.

»Hat keinen Sinn – zu viele Minen«, rief ich ihm auf französisch zu.

Er sah so verständnislos und erstaunt auf, daß ich meine Warnung auf deutsch und englisch wiederholte. Knapp unter mir ragte eine Felsspitze gut zehn Meter aus dem Wasser. Mit zwölf war ich dort runtergesprungen, um Simone zu imponieren. Eine Woche lang hatte sie nicht mit mir gesprochen, so sehr hatte sie sich erschreckt damals. Während ich kurz auf dem Felsen verharrte, kam mir ganz klar die Erinnerung daran.

Was für ein schöner Morgen – ein schöner Morgen zum Sterben. Ich holte tief Atem und sprang.

Meine leinenen Seemannsschuhe, die Drillichhosen und den handgestrickten Fischerpullover hatte ich absichtlich anbehalten, weil Kleidung in kalten Gewässern die Körperwärme hält.

Die Flut um die Kanalinsel ist so stark, daß sie im Golf von St. Malo den Wasserstand um zehn Meter hebt. Ich spürte die unerbittliche Kraft, mit der sie mich vorschob und die Wellen in ununterbrochener Kette weiß schäumend ans Ufer jagte.

Das Schwimmen selbst war keine besondere Sache. Ich mußte nur oben bleiben, alles andere erledigte die Strömung. Ich sah die Arbeiter in der grünbewachsenen Senke zwischen den Klippen, sah den Mann jenseits des Drahts, und dann packte mich eine Riesenwoge und trug mich in rasender Geschwindigkeit landeinwärts. Ich spürte den Sand unter mir, suchte verzweifelt nach einem festen Halt. Das Wasser strömte zurück, ich lag hoch oben am Strand, der Mann in der Schwimmweste keine zehn Meter links von mir. Während die nächste Welle heranzischte, erhob ich mich halb. Als sie zurückwich, war ich schon auf dem Weg zu dem Jungen.

Kaum siebzehn mochte er sein. Deutscher Matrose, Funker, wie ich an seinem Ärmelabzeichen erkannte. Linke Schulter und Arm ein blutiger Matsch. Trotzdem versuchte er, den Draht zu ergreifen. Ich kniete mich neben ihn und drehte ihn um. Die Augen waren wie dunkles Glas. Sein Blick, noch ganz unter Schockeinwirkung, ging durch mich hindurch. Ich hielt ihn mit einem Arm, während die nächste Welle über uns hinwegspülte. Als ich mir das Salzwasser aus den Augen geschüttelt hatte, sah ich die Todt-Leute mit drei deutschen Soldaten den Pfad herunterkommen. Zwei der Soldaten trugen Maschinenpistolen.

Einer rief mich an, aber seine Stimme wurde von dem Toben der anbrausenden Wellen übertönt. In der nachfolgenden Stille wieherte ein Pferd. Ich blickte auf und sah Steiner auf einer grauen Stute am Hügelrand.

Er rief den Männern unten zu, sie sollten auf ihn warten. Diese gehorchten sofort. Nach einer kurzen Besprechung kletterte dann einer der Soldaten den Pfad hinauf. Das Pferd graste friedlich am Hang. Der Mann verschwand hinter der Hügelkuppe.

Die anderen zwei trieben die Todt-Arbeiter zurück. Steiner ging mit drei Handgranaten allein vor. Er trug eine dreiviertellange Jacke mit schwarzem Pelzkragen – russische Offiziersuniform. Das Käppi der Division Brandenburg saß genau in der vorgeschriebenen Schräge.

Er lächelte mir von der anderen Seite des Drahtverhaus zu.

»Dachte, Sie wären schon längst weg. Was ist denn los?«

»Nichts ist so fein gesponnen und so weiter«, sagte ich. »Ist doch auch egal.«

»Keineswegs. Wen haben Sie denn da?«

»Einen von euch: Schiffsfunker.«

»Kommt er durch?«

»Sieht so aus.«

»Schön. Rühren Sie sich jetzt nicht vom Fleck.«

Er ging etwa dreißig Meter zurück. Die nächste Woge kam, und ich hatte alle Hände voll zu tun, den Jungen und mich vom Draht wegzuhalten.

Der Kleine war jetzt bewußtlos. Das sah ich beim Auftauchen und sah gleichzeitig, wie Steiner die erste Granate über den Draht warf. Zwei Explosionen, dann eine dritte – eine Mine hatte die andere ausgelöst.

Im Rauch und aufstiebenden Sand verlor ich Steiner aus den Augen. Als die Sicht wieder frei war, sah ich ihn näher kommen. Er betrachtete den eben geschaffenen Durchgang und warf dann die zweite Granate.

Noch eine Woge. Ich wurde langsam müde. Die lange, aufregende Nacht, der gräßliche Morgen. Als ich wieder nach Luft schnappen konnte, detonierte die dritte Granate. Vier einzelne Explosionen, ihr Widerhall an den Felsen – und dann stieg eine dichte Rauchwolke hoch.

Vögel schrien, zogen hoch oben ihre Kreise, stiegen aus den Klippen auf. Tordalke, Krähen, Möwen. Ein einsamer Sturmvogel fiel wie ein Bomber in den Rauch ein, streifte die Wellen, verschwand über der schäumenden See.

Steiner stand am Ende des zerklüfteten Pfades, den er durch den Verhau zum Wasser gebahnt hatte, und winkte mir zu. Ich warnte ihn: »Achtung, es können noch welche drin sein.«

»Das läßt sich rausfinden.«

Ruhig, wie auf einem Sonntagsspaziergang, ging er vor, stieß mit dem Fuß ein Drahtgestrüpp beiseite, platschte durchs seichte Wasser zu mir.

Plötzlich heulte ein Motor auf. Ein Wagen erschien am Hügelrand. Mehrere Soldaten sprangen heraus, rannten hinunter. Steiner ignorierte sie.

»Tut mir leid, aber ich kann Ihnen jetzt nicht mehr viel helfen.«

»Selbstverständlich.«

»Haben Sie Waffen bei sich?«

»Nur mein Messer.«

»Geben Sie es mir.«

Er steckte es ein und packte dann den Jungen unter seinem heilen Arm.

»Nichts wie raus mit ihm, ehe er stirbt. Diese Rettung könnte Ihnen sehr helfen.«

»Bei Radl? Sie machen wohl Spaß?«

Er hob die Schultern. »Nichts ist unmöglich . . .«

». . . in dieser schlechtesten aller Welten. Ich habe nur eine Bitte – daß Sie sich um Simone kümmern und unsere Begegnung letzte Nacht vergessen. Halten Sie Simone da raus. Verschwenden Sie keine Zeit auf mich. Ich bin ein Toter auf Urlaub, das wissen Sie genausogut wie ich.«

»Sie haben für einen deutschen Matrosen Ihr Leben riskiert.

Das wird Ihnen bestimmt angerechnet. Sogar Radl ist gelegentlich Vernunftgründen zugänglich.«

»Von einem Hauptfeldwebel?« Ich mußte lachen. »Ich kenne kaum einen Offizier, der so etwas täte. Nicht mal in unserer Armee. Er läßt Sie vor die Tür setzen, wenn nicht Schlimmeres.«

»O nein, keinesfalls«, sagte Steiner, ohne zu lächeln.

Wir kämpften uns durch die Brandung, stolperten mit dem Jungen zwischen uns durch den Spalt im Drahtverhau. Die Leute auf der anderen Seite waren Feldjäger, an ihren metallenen Brustschildern genauso gut erkennbar wie unsere britischen Rotkäppchen vom gleichen Verein: drei Unteroffiziere und ein Major. Zwei nahmen uns den Verwundeten ab, legten ihn vorsichtig auf eine Trage und versorgten seinen Arm provisorisch.

Steiner war ein paar Schritte abseits gegangen, er wischte sich den Sand vom Mantel. Der Major trat vor und musterte mich von oben bis unten. »Wer sind Sie?« fragte er in schlechtem Französisch.

Kein Wunder, daß er aus mir nicht schlau wurde. Meine Kleidung, dazu die wüste Narbe quer durch die rechte Augenhöhle und über die Wange. Ich schob die Klappe wieder auf ihren Platz.

Steiner antwortete für mich. »Dieser Herr ist britischer Offizier, Major Brandt. Er hat gerade seine Freiheit geopfert, um das Leben eines deutschen Matrosen zu retten.«

Brandt nahm das ohne Kommentar hin. Zögerte sekundenlang, wandte sich dann wieder zu mir und bat mich in recht gutem Englisch um meine Daten.

»Ich bin Oberstleutnant Morgan. Dienstnummer 21038930.« Er schlug die Hacken zusammen und hielt mir seine silberne Zigarettendose hin. »Darf ich Ihnen eine anbieten, Herr Oberst?« Gab mir gleich darauf Feuer.

Ich sog den Rauch genußvoll ein. Sehr bewußt. Es konnte meine letzte Zigarette sein.

»Und jetzt muß ich Sie bitten, mich zur Platzkommandantur in Charlottestown zu begleiten«, sagte er überhöflich. »Standartenführer Radl, der stellvertretende Gouverneur von St. Pierre, wird Sie zweifellos sehen wollen.«

Hübsch ausgedrückt. Ich machte einen Schritt, da trat mir Steiner in den Weg. Hielt mir seinen russischen Offiziersmantel entgegen. »Wenn Herr Oberst gestatten«, sagte er mit ironischem Lächeln.

Erst als ich den warmen Innenpelz spürte, merkte ich, wie kalt mir war.

»Vielen Dank«, sagte ich, »auch für alles andere.«

Er schlug die Hacken zusammen und salutierte, daß der strengste Ausbilder seine helle Freude gehabt hätte.

Ich wandte mich um und folgte den Bahrenträgern.

Die Fahrt durch Charlottestown war für mich das merkwürdigste Erlebnis seit meiner Rückkehr auf die Insel. Immer noch das gleiche Kopfsteinpflaster, die Häuser teils französischer Provinzstil, teils englisch-georgianisch, alle Gärten von hohen Mauern umgeben – zum Schutz gegen den ständigen Wind. Alles genau wie früher, und doch auch wieder nicht.

Es waren nicht nur die runden Betonbunker, der Stacheldraht, die Bombenschäden unten im Hafen – all diese offensichtlichen Anzeichen von Krieg. Eher noch die zweisprachigen Hinweistafeln, deutsch und englisch, und der SS-Mann vor dem Schild »Royal Mail« an der Mauer des alten Postamts. Und die Wagen mit den aufgemalten Hakenkreuzen auf dem Palmerstonplatz. Irgendwie irreal kam es mir vor, so real ich das alles auch vor mir sah. Wir stiegen auf dem Platz aus, der Streifenwagen brachte den Verwundeten zum Spital. Steil bergauf wanderten wir über das Katzenkopfpflaster der Charlotte Street, an leerstehenden Geschäften vorbei. Überall waren Fensterscheiben zerbrochen, Farbe bröckelte ab – Zeichen des Verfalls, wo ich auch hinblickte. Kein Wunder nach fünf Jahren Besatzungszeit.

Die Platzkommandantur war in der Zweigstelle der Westminsterbank untergebracht, in der ich mein Konto hatte. Im

Grunde sogar immer noch Kunde war. Merkwürdiges Gefühl, jetzt unter solch anderen Voraussetzungen von der granitenen Säulenvorhalle in den kühlen Innenraum zu treten.

Drei Uniformierte arbeiteten eifrig hinter dem Mahagonitresen. Die zwei Wachen links und rechts der Tür des ehemaligen Direktionsbüros waren SS-Fallschirmjäger und sahen so hartgesotten aus, wie Leute mit den Kampforden, die sie trugen, eben meist waren. Ich schätzte sie als alte Stalingradkämpfer oder ähnliches ein.

Brandt ging zuerst hinein, wir warteten. Steiner versuchte kein Gespräch mit mir. Er stellte sich ans Fenster und sah auf die Straße hinaus. Nach wenigen Minuten rief Brandt nach ihm, ich blieb allein draußen. Die zwei SS-Leute starrten unbeteiligt hinter mir ins Leere, dann öffnete sich die Tür zwischen ihnen, Brandt erschien.

»Kommen Sie bitte herein, Colonel Morgan«, sagte er auf englisch. Ich ging auf die Tür zu, er ließ die zwei Soldaten Habt-acht-Stellung einnehmen.

Das Erstaunlichste an Radl war, glaube ich, seine körperliche Erscheinung. Die verdammte Größe dieses Mannes. Über einsneunzig, und wog bestimmt mehr als hundert Kilo.

Er hatte offensichtlich in Hemdsärmeln gearbeitet, denn bei meinem Eintreten knöpfte er sich gerade noch die Jacke zu. Mehrere Dinge fielen mir sofort auf. Die SS-Abzeichen auf den Kragenspiegeln und seine Orden, darunter das Deutsche Kreuz in Gold, das er rechts trug, eine Auszeichnung für Tapferkeit vor dem Feind. Und das goldene Parteiabzeichen, das nur Mitglieder erhielten, deren Mitgliedsnummer nicht höher als 100 000 war.

Dazu das Gesicht mit der riesigen, vorstehenden Stirn und den tiefliegenden Augen. Das Gesicht eines Fanatikers, der auf Knien liegend inbrünstig zum Herrgott betete und im gleichen Atemzug fröhlich das Wort des Herrn als Aufforderung interpretierte, junge Frauen lebendigen Leibes als Hexen zu verbrennen.

Er blieb sitzen, legte beide Hände auf das Pult. »Name, Rang,

Nummer«, befahl er in schlechtem Englisch.

Ich antwortete auf deutsch. Er zeigte keinerlei Überraschung, sprach auch deutsch weiter. »Können Sie das alles beweisen?«

Ich fummelte aus der Innenseite meines Gürtels die Erkennungsmarken hervor, reichte sie ihm hinüber und wartete, während er die Plättchen aufmerksam studierte, sie dann auf den Tisch legte und Brandt – nicht Steiner – mit den Fingern zuschnalzte. »Einen Stuhl für den Herrn Oberst.«

Ich schüttelte den Kopf. »Ich stehe lieber. Möchte es hinter mir haben.«

Radl reagierte nicht darauf, stand aber auf. Vermutlich weil es sich seinem Gefühl nach für zwei Offiziere gleichen Ranges so gehörte. Selbst wenn er mich noch am gleichen Nachmittag erschießen ließ.

Er setzte sich auf die Tischkante. »Owen Morgan? Interessant. Wußten Sie, daß das Rettungsboot dieser Insel den gleichen Namen trägt?«

Warum sollte ich die Wahrheit verbergen? »Nach meinem Vater. Ich bin ja hier geboren und aufgewachsen.«

»Ach so.« Er nickte. »Das erklärt freilich manches. Sie sollten also hier unser ›Nigger‹-Projekt erkunden.«

Eine reine Feststellung. Im richtigen Augenblick vorgebracht, in normalem Konversationston, während er eine Zigarette aus der Sandelholzkiste nahm und sie anzündete.

Ich biß aber nicht an.

»So?«

»Vier Ihrer Kollegen sind lebend in unsere Hände geraten. Zwei haben wir aus dem Hafen gefischt, einer erzählte noch was, ehe er starb. Recht interessante Geschichten.«

»Davon bin ich überzeugt.«

»Vermutlich wurden Sie an einer anderen Stelle, im Südosten, gelandet. Zumal dort zwei meiner Wachen verschwunden sind. Wie Sie sehen, frage ich nicht, sondern denke nur laut.«

»Ich kann Sie nicht daran hindern«, sagte ich kühl.

»Und jetzt weiter: Ihre Kollegen sind in Uniform, Sie tragen

Zivilkleidung. Offensichtlich sollten Sie also bei der Bevölkerung Informationen einholen.« Sein Gesicht verzog sich zu einer Grimasse, die fast ein Lächeln bedeuten konnte – für diesen Mann eine geradezu übermenschliche Anstrengung.

»Genau fünf Einwohner sind noch hier, Herr Oberst, und ich weiß zufällig, daß sie alle letzte Nacht in irgendwelcher Form unter Bewachung standen. Sie haben Ihre Zeit vergeudet, und Ihre Leute haben den Auftrag im Hafen vermasselt. Das Kanonenboot liegt auf dem Meeresgrund. Mission gescheitert. – Mission failed«, setzte er in Englisch hinzu. »Das wird man doch auf die Akte stempeln?«

»So was ähnliches vermutlich.«

Er streckte sich, legte die Hände auf den Rücken. »Sie kennen den Kommandobefehl?«

»Selbstverständlich.«

»Dann wissen Sie auch, daß alle Mitglieder sogenannter Sabotageeinheiten sobald wie möglich nach der Gefangennahme exekutiert werden müssen?«

»Sie lassen sich aber ganz schön Zeit damit.«

Wieder keine Reaktion. Er nickte ganz ernsthaft. »Zufälligerweise fällt das unter die Verantwortung des befehlshabenden Offiziers der Region, und der bin ich nicht, Herr Oberst. General Müller, unser letzter Gouverneur, wurde vor vier Wochen von einer Mine getötet.«

»Sehr unvorsichtig von ihm.«

»Der neue Gouverneur, Korvettenkapitän Karl Olbricht, ist noch nicht hier.«

»Sie sind also sein Stellvertreter?«

Wieder dieses stark unterkühlte Lächeln. »Ja, so was ähnliches.«

»Und ich kann also erst erschossen werden, wenn der richtige Gouverneur herüberfliegt und die Dokumente unterzeichnet. Was geschieht bis dahin?«

»Sie verlieren alle Offizierspivilegien.« In diesem Augenblick setzte er sich wieder. »Sie werden arbeiten, Oberst Morgan. Es gibt viel zu tun für Sie. Sie werden in Ketten arbeiten, zusammen mit Ihren Kollegen.« Die Genfer Konvention zu zitieren hatte wohl nicht viel Sinn. Steiner meldete sich aber jetzt.

»Ich muß noch einmal auf das tapfere Verhalten des Herrn Oberst heute morgen hinweisen . . .«

»Ist bestens vermerkt, Steiner«, sagte Radl ruhig. »Sie können jetzt gehen.«

Steiner blieb noch eine ganze Weile stehen. Hoffentlich ließ er sich nicht in diese Sache hineinziehen. Seine Miene zeigte zum erstenmal echte Anteilnahme. Noch einmal versuchte er, mit Radl zu reden. Der schnitt ihm das Wort ab, aber erstaunlich sanft. Vielleicht wegen des Ritterkreuzes, das Steiner am Hals baumelte, dieser Orden, den alle respektierten und der anzeigte, daß sein Träger hier eigentlich gar nichts verloren hatte.

»Sie können gehen.«

Steiner salutierte, drehte sich auf dem Absatz um und ging. Radl sagte zu Brandt: »Bringen Sie Oberst Morgan zu den anderen.«

»Hat Ihnen denn kein Mensch gesagt, wie es mit dem Krieg steht?« fragte ich. »Der ist nämlich so gut wie vorüber. Und Sie sind die Verlierer.«

Pedantisch bis zum letzten salutierte er ernst bei meinem Abgang. Ich lachte nur und folgte Brandt nach draußen.

Fort Edward liegt auf der Landspitze über Charlottestown. Es ist das größte der viktorianischen Marineforts, die nach 1850 gebaut wurden, als das Verhältnis zu Frankreich sich trübte.

Von Sandsäcken umgeben, hielt ein Soldat mit einem Maschinengewehr neben dem großen Tor Wache. Er winkte uns durch den granitenen Einfahrtsbogen mit der Victoria Regina und der eingemeißelten Jahreszahl 1856 hindurch.

Drinnen wuchs Gras zwischen den Pflastersteinen, wie eh und je. Neu waren die betonierten Geschützstellungen. Die Lastwagen und ein Hinweisschild zeigten an, daß hier eine Artillerieeinheit lag. Wir stiegen aus dem Wagen. Brandt bedeutete mir höflich, zur offenen Tür des alten Blockhauses voranzugehen. Einer seiner Militärpolizisten rannte voraus; als wir das Haus betraten, hatte er die Fußeisen schon bereit.

Brandt wandte sich zu mir, er war ganz blaß geworden. »Tut mir leid, Herr Oberst. Schlimme Sache, aber als Soldat muß ich dem Befehl gehorchen«, sagte er auf englisch.

»Also dann mal los«, antwortete ich nur.

Der Feldjäger kniete sich neben mich und ließ die stählernen Knöchelbänder um meine Beine zuschnappen. Stellte sie dann mit einem Schraubenschlüssel noch fester ein. Die Kette zwischen den beiden Knöcheln war etwa einen dreiviertel Meter lang, so daß ich ziemlich rasch damit voranschlurfen konnte.

»Und wohin jetzt?«

Brandt übernahm schweigend die Führung – die Steintreppe neben dem Blockhaus über die unteren Wälle bis zur äußersten Spitze hinauf. Als vierzehnjähriger Junge hatte ich – vor tausend Jahren – da oben gestanden und mit angesehen, wie die See mir meinen Vater nahm. Jetzt war da eine Artilleriestellung; die Mauern zeigten etliche Schäden, vermutlich durch das Schiffsbombardement im vergangenen Jahr.

Ich hörte jemanden leise das deutsche Lied vom »Argonnerwald« singen. Eine traurige, alte Melodie aus dem Ersten Weltkrieg. Wir stiegen die oberste Treppe hinauf, wo wir einen Sechzehnjährigen überraschten, der neben dem Munitionslager stand. Sein Gewehr lehnte an der Wand.

Der Bursche, der aussah, als spiele er nur Soldat, nahm sofort Haltung an. Brandt seufzte und strich ihm zart über den Kopf. »Irgendwann muß ich bei Ihnen doch mal was unternehmen.«

Das gefiel mir an ihm. Wo gab es wohl noch so einen Offizier der Militärpolizei? Brandt riegelte eine Tür auf, stellte sich daneben. »Herr Oberst.«

Ich trat ein, die Tür wurde hinter mir geschlossen. Drinnen kam durch die alten Schießscharten genug Licht herein. Genug Licht und gute Meeresluft und Regen, der die glitschigen Wände entlangrann. Alle vier erwarteten mich. Fitzgerald, Grant, Sergeant Hagen und Corporal Wallace. Stevens und Lovat hatten also Pech gehabt. Sofern man das in ihrem Fall als Pech bezeichnen konnte.

»Herrje, unser Colonel«, sagte Hagen.

Fitzgerald fiel dazu offenbar nichts Gescheites mehr ein. Ich lächelte ihm freundlich zu. »Was stand noch in Ihrer Order? Kein – wiederhole: kein – Landeversuch und keine Unternehmung, die den Feind auf Ihre Anwesenheit aufmerksam macht. Hat's wenigstens Spaß gemacht?«

Hätte er eine Waffe gehabt, würde er mich erschossen haben. Aber er hatte nichts als seinen aristokratischen Stolz, und der erlaubte ihm nicht, mit einem Proleten wie mir zu streiten. Er ging nach hinten und setzte sich.

Grant wollte mit geballten Fäusten auf mich los, vergaß seine Fußeisen und fiel auf die Knie.

»Aber, aber, Sergeant«, verspottete ich ihn. » Das ist das Dumme bei euch Rangers. Keine Achtung vor Rangunterschieden.«

Ich krabbelte mühsam auf die alte Kanonenplattform. Regen sprühte durch die offenen Scharten. Ich holte meine treue, wasserdichte Büchse hervor, nahm eine Zigarette heraus, zündete sie an und warf sie Hagen zu.

Fabelhafte Aussicht von dort oben. An schönen Tagen bis nach Guernsey, gut sechzig Kilometer nordöstlich von uns. Natürlich nicht an einem Tag wie diesem. Und gen Nordwesten, fast zweihundert Kilometer kanalaufwärts, lag die Küste von Cornwall, lag Lizzard Point, wo dies alles begonnen hatte. Vor vier Tagen. Irgendwie unglaublich.

2

Der Strand unterhalb des Häuschens auf den Klippen, drei Kilometer abseits von Lizzard Point, war mit dem üblichen Gewirr rostiger Stacheldrahtspiralen versperrt, und ein Schild am Weg warnte vor Minen.

Leere Drohung und Lokalwitz zugleich: denn der 1940 zuständige Feldwebel, ein Mann aus der Gegend, hatte nicht eingesehen, warum er eine der besten Fischfangzonen an der Küste Cornwalls kaputtmachen sollte.

Dank seiner Entscheidung konnte ich an diesem schönen Aprilmorgen vom weißen Sandstrand hinausschwimmen. Ungewöhnlich warm war es für diese Jahreszeit. Der Krieg hatte für mich zu existieren aufgehört. War ohnehin schon fast vorbei. Ich schwamm zu einer hervorkragenden Felsspitze, kletterte hinauf und ruhte mich aus.

Mary saß auf halber Höhe am Strand vor ihrer Staffelei. Ein alter Strohhut schützte sie vor der Sonne. Sie malte wohl gut zum zehntenmal die Landzunge; jedesmal sähe sie anders aus, erklärte sie, je nachdem, wie sie sich fühlte. Jetzt wandte sie sich um, hielt Ausschau nach mir, winkte dann. Ich winkte zurück, tauchte und schwamm zum Ufer.

Mit dem Handtuch in der einen und meiner Augenklappe in der anderen Hand erwartete sie mich. Nicht weil die Narbe im Gesicht sie so störte; dafür war sie schon zu lange Krankenschwester. Aber sie wußte, daß es mir immer noch peinlich war.

Ich trocknete mir das Gesicht ab, streifte die Klappe über und grinste Mary an.

»Herrlich, das Wasser heute. Du solltest es wirklich einmal versuchen.«

»Ich kümmere mich jetzt lieber ums Essen. Kommst du bald nach?«

Sie küßte mich leicht auf die Stirn. Mein Blick folgte ihr, als sie zwischen den Grasbüscheln den Weg hinaufging. Ich verspürte ein wehmütiges Gefühl der Zuneigung - nicht mehr. Und hatte deshalb oft Schuldkomplexe.

Als Studenten hatten wir uns vor dem Krieg kennengelernt. Vor fünf Monaten war ihr Gesicht das erste, das ich nach dem Erwachen im Militärhospital erblickte. Voll Drogen war ich und kaum bei Bewußtsein. Ihren Mann hatte es als Piloten erwischt, beim Angriff auf Dresden. Wir lebten jetzt schon drei Monate zusammen, seit meiner Entlassung aus dem Hospital. Ganz langsam zog ich mich an, ging dann zur Staffelei hinüber. Vorläufig nur eine Skizze, aber die war gut. Ausgezeichnet sogar. Mit einem Kohlestift probierte ich selbst ein paar Linien. Es wurde aber nichts Gescheites. Für die Perspektive sind eben zwei Augen doch besser als eines. In den meisten Dingen hatte ich mich auf meinen neuen Zustand eingestellt. Aber mit der Malerei war es wohl nichts mehr bei mir.

Ich legte mich in den Sand, stützte mich auf die Hand und verengte das übriggebliebene Auge, um einen Tordalk zu beobachten, der gerade im Steilflug aus großer Höhe eine Klippe anpeilte. So unwahrscheinlich friedlich war alles. Nichts als Meeresrauschen, Möwengeschrei und eine langsam dahinschwebende weiße Wolke. Wer war ich überhaupt? Owen Morgan – Gelegenheitskünstler, Romanschriftsteller. O ja! Dichter – nicht so sicher. Soldat, Wanderer-in-der-Finsternis, gedungener Held, Killer: Das konnte jeder ansehen, wie er wollte. Und was tat ich hier in dieser freundlichen Vorhölle, in der ein Tag den anderen lautlos ablöste und Donner am Horizont nicht von Kanonen, sondern aus den Wolken kam?

Ich mußte wohl kurz geschlafen haben. Eine Möwe schreckte mich mit ihrem Geschrei auf. Sofort war ich hellwach – eine Angewohnheit, die ich in dunklen Verstecken mühsam erworben hatte. Womöglich suchte Mary bereits nach mir, das Essen verbrutzelte, und ich bekam dann was zu hören.

Mit gesenktem Kopf stieg ich den Pfad hinauf. Beim Warnschild rief mich jemand an: »Hallo, Sie da unten!«

Ich blinzelte gegen die Sonne; sah einen amerikanischen Offizier auf der Hügelkuppe.

»Ich möchte Sie was fragen«, sagte er.

Es war keine Bitte, eher ein Befehl in bestem Bostoner Akzent. Jener Tonfall, den man nur in Neuengland erwerben kann und meist nur als Mitglied jener glücklichen kleinen Gruppe, deren Vorfahren aus der »Mayflower« an Land gesprungen waren.

Mir gefiel seine Stimme nicht und er ebensowenig. Aus den verschiedensten Gründen. Daher gab ich keine Antwort.

»Ich suche Colonel Morgan. Im Haus sagte man mir, er sei

am Strand. Haben Sie ihn gesehen?« Der Tonfall war noch schärfer geworden.

Natürlich ist mir heute klar, weshalb. Er blickte auf einen kleinen, schlechtrasierten Mann hinunter, im uralten Strickpullover, mit schwarzer Klappe vor einem Auge. Dazu noch ein goldener Ring im linken Ohrläppchen. Den hatte ich dem Wirt an der Landstraße nach Falmouth zu verdanken, der fest davon überzeugt war, dieses Schmuckstück würde meine Sehkraft stärken. Hatte an einem unvergessenen Abend mein Ohr eigenhändig unter Zuhilfenahme einer Stopfnadel und einer halben Flasche Vorkriegswhisky durchstochen.

Der Amerikaner kam jetzt so nahe heran, daß ich seine Rangabzeichen – Major – erkennen konnte. Dazu alle möglichen Orden, die alles oder nichts bedeuten konnten. Und dann sah ich die Schulterstücke. Er gehörte zu den Rangers, war also auf ziemlich gleicher Stufe mit unseren Commandos.

»Haben Sie ihn gesehen oder nicht?« fragte er diesmal ganz geduldig.

Einfach rührend. Ein Amerikaner der Jahrhundertwende, der im Ausland Mühe hat, sich mit der Landbevölkerung zu verständigen. Wie aus einem Roman von Henry James.

»Diese Frage ist ziemlich schwer zu beantworten«, sagte ich mit lokalem Akzent.

»Mann, nun mal raus mit der Sprache!« ertönte jetzt eine harte schottische Stimme, und im gleichen Augenblick wurde ich an der Schulter gepackt und herumgewirbelt. Ein zweiter Ranger stand vor mir: Master Sergeant seines Zeichens, was den schottischen Akzent noch weniger erklärte. Grobes Gesicht mit harten Augen, geschwollene, vielfach vernarbte Lider. Ehemaliger Boxchampion offenbar. Keiner, den man an so einem schönen Aprilmorgen ärgern möchte.

»Na los schon, Kerlchen! Raus mit der Sprache!« sagte er nochmals und schüttelte mich wie eine Ratte.

Ein guter, kräftiger Soldat. Genau der richtige Mann für nächtliche Vorhutarbeit oder einen Brückenkopf unter Beschuß. Ich hatte aber die letzten Jahre in einer Welt gelebt und überlebt, die er nicht kannte. Einer Welt, in der Kraft allein nicht genügte und Mut allein ebensowenig. In der jeder neue Tag wie ein Wunder war. Man überlebte einfach dadurch, daß es einem schlicht egal war, ob man es tat.

Ich legte meine Hand auf die seine, drehte sie genau in der Weise, wie es mir ein freundlicher alter Japaner im Frühjahr 1940 in einem Landhaus in Surrey gezeigt hatte. Ließ mich auf die Knie fallen. Er rollte mehrere Meter abwärts, blieb in einem Ginsterbusch stecken. Ich lächelte zum Major hinauf.

»Einen Fehler hat er schon gemacht. Verhindern Sie den zweiten.«

Er starrte mich verwirrt an, dann sah ich an seinem Blick, daß er schon begriffen hatte. Aber ehe er noch ein Wort sagen konnte, kam der Master Sergeant mit der Geschwindigkeit eines verwundeten Bären heraufgestürmt. Als er noch etwa zwei Meter von mir entfernt war, zog ich die Hand mit dem alten Schnappmesser aus der Hüfttasche, das ich seit meinem Auftrag in der Bretagne im zweiten Kriegsjahr bei mir trug.

Ein bösartiges Klicken, die Schneide blitzte hervor. Er blieb sofort stehen, duckte sich dann und wollte mich von unten angreifen.

»Stehenbleiben, Grant!« befahl der Major scharf.

Grant starrte mich von unten an; Mordlust sprach aus seinem Blick. Plötzlich ertönte eine andere Stimme. Rief hell und klar: »Owen, was ist denn los da unten?«

Ein weißhaariger älterer Mann rannte den Pfad herunter. Sein Gesicht war lang, fast häßlich, er trug eine Brille mit rundem Metallrahmen. Mit seinem alten Wettermantel und dem Schirm wirkte er wie die Karikatur eines Professors von Oxford. Und das war er ja auch gewesen, als wir uns kennengelernt hatten. Nur daß seine Talente heute ebenfalls dunkleren Zwecken dienten als in jenen goldenen Zeiten.

Ich hob das Messer und stöhnte: »Du auch noch, Henry! Muß das sein?«

Major Edward Arnold Fitzgerald und sein schottisch-amerikanischer Leibgardist gingen steifbeinig voraus, nachdem Henry mich ihnen formvollendet vorgestellt hatte.

Ich schüttelte den Kopf. »Das Dumme bei diesen Leuten ist, daß sie ihren eigenen Augen nie trauen wollen.«

Henry zog die Augenbrauen hoch. »Mein lieber Owen, das hat er aber doch getan. Hast du dich in letzter Zeit mal im Spiegel betrachtet? Ich glaube nicht, daß es außer dir noch einen Colonel in der Königlichen Armee gibt, der einen Goldring im linken Ohr trägt.«

»Du hast mich doch immer schon als Individualisten bezeichnet«, sagte ich. »Wie steht's mit dem Krieg?«

»Soviel ich weiß, hat die erste Commandobrigade Lüneburg erreicht.«

»Dann werden sie wohl bald die Elbe überqueren.«

Er nickte. »Vermutlich.«

Wir rasteten kurz auf einem runden Felsblock. Er zog eine Schachtel mit seinen türkischen Lieblingszigaretten hervor und bot mir davon an.

»Als wir uns kennenlernten, hast du mir auch so ein Ding offeriert«, sagte ich. »Erinnerst du dich noch? Der ungehobelte Inseljunge im Bildungsmekka Oxford.«

Er lächelte mit einem Anflug von Traurigkeit. »Ganz schön lange her. Viel Wasser durch die Mühle geflossen seither.«

»Und was machst du nach dem Krieg? Verwandelst dich wieder in Henry Brandon, Professor in Oxford, und alles, was so dazugehört?«

Er hob die Schultern. »Man kann nie zurückkehren. Ich glaube, das ist unmöglich.«

»Du meinst wohl, daß du gar nicht willst.«

»Willst *du* denn?«

Wie stets hatte er mit unfehlbarer Genauigkeit meinen wundesten Punkt getroffen.

»Zurück wohin?« fragte ich bitter.

»Jetzt fang bloß nicht mit dem Selbstmitleid an. Das steht dir gar nicht. Ich hab' erst neulich deinen Roman gelesen. Vier Auflagen innerhalb von vier Wochen. Allerhand.«

»Er gefällt dir also nicht.«

»Das kann dir doch egal sein – jedenfalls verdienst du damit eine Menge Geld.«

Womit er recht hatte und wofür ich auch sehr dankbar war. Trotzdem ärgerte mich sein Gerede, beunruhigte mich sogar ein bißchen.

Er atmete die Salzluft tief ein, schlug die Arme weit nach hinten.

»Einfach köstlich, Owen, wirklich köstlich. Ich beneide dich um dein Leben hier, und ich bin froh, daß du mit Mary Barton lebst. Ihr habt euch bestimmt gegenseitig sehr geholfen.«

Das stimmte nur zu genau. Während der sechs Wochen im Hospital, als ich nichts sah, hatte ich ihr mein Buch diktiert. Diese einzige, wilde Leidenschaft hinderte mich, verrückt zu werden.

»Ich bin Mary sehr dankbar. Was sie für mich getan hat, kann ich nie zurückzahlen.«

»Aber du liebst sie nicht?«

Wieder traf er mit tödlicher Sicherheit ins Schwarze. Ich stand auf, warf den Rest meiner Zigarette über die Klippe.

»Also schieß los, Henry. Was willst du von mir?«

»Ganz einfache Sache. Wir haben einen Auftrag für dich.«

Ich starrte ihn entgeistert an, lachte dann laut. »Du machst wohl Witze. Der Krieg ist vorbei. Dauert in Europa höchstens noch zwei Monate. Das weißt du so gut wie ich.«

»Auf dem Festland, ja. Aber auf den Kanalinseln könnte es anders sein.«

Ich runzelte die Stirn; er hob die Hand. »Laß mich erklären. Seit einigen Monaten hat die Abteilung hundertfünfunddreißig der Kriegsmarine ›Operation Notgroschen‹ vorbereitet. Die Befreiung der Kanalinseln. Das ist aber erst möglich, wenn die deutschen Besatzer aufgeben. Wir hoffen, daß wir uns den Weg auf die Inseln nicht erkämpfen müssen. Das Resultat wäre für die Zivilbevölkerung katastrophal.«

»Und du meinst, sie würden nach der Niederlage auf dem Festland noch standzuhalten versuchen?«

»Sagen wir lieber so: Der Vizeadmiral, der die ganzen Kanalinseln befehligt, scheint die feste Absicht zu hegen, im Kampf zu fallen. In der Nacht vom siebenten auf den achten März hat er in eigener Kommandosache mitgemacht bei einem Angriff auf Granville mit zwei Minensuchbooten. Drei Schiffe haben sie zerstört und einen ganzen Haufen Dockeinrichtungen dazu. Als Dönitz ihm gratulierte, kabelte er zurück, er hoffe, die Kanalinseln noch ein Jahr lang halten zu können.«

»Vielleicht blufft er nur?«

Henry nahm die Brille ab und polierte sie sorgfältig mit seinem Taschentuch. »Jahrelang hat Hitler Mannschaften und Waffen auf die Inseln schaffen lassen. Er hatte schreckliche Angst, daß wir sie als Sprungbrett für eine Invasion benützen würden.«

»Und da hat er sich geirrt. Also ist der Auftrag eigentlich leergelaufen.«

»Die stärksten Befestigungen der Welt, Owen«, sagte Henry ganz ruhig. »Genauso viele Stützpunkte und Batterien wie an der Küste von Dieppe bis St. Nazaire. Dazu gut vierzigtausend Mann. Verstehst du jetzt, was ich meine?«

»Und was soll ich dagegen tun?«

»Heimkehren, Owen«, sagte er. »Nach St. Pierre zurückkehren. Ich hätte gedacht, daß dir das Freude macht.«

3

St. Pierre ist die letzte und viertgrößte der Kanalinseln. Zwischen 1850 und 1860 hatte die englische Marine wegen der Verstärkung des französischen Marinestützpunktes in Cherbourg den Plan, Alderney zum Gibraltar des Nordens zu machen. Die meisten dazu importierten Arbeiter waren Iren, die den Folgen der Hungersnot in ihrem unglückseligen Land entflohen.

Auf St. Pierre baute man ähnliche Festungen, wenn auch nicht ganz so groß. In Charlottestown wurde ein Damm errichtet, um den Hafen zu vergrößern, dazu kamen Marineforts an verschiedenen Punkten der Küste.

Die Arbeiter für St. Pierre wurden aus Südwales importiert, wodurch es zu der merkwürdigen Mischung aus Walisisch,

Französisch und Englisch kam, die man heute noch auf der Insel antrifft. Das ist die Erklärung dafür, daß mein Vater Owen Morgan hieß und ich ebenfalls so genannt wurde. Obwohl meine Mutter, Gott hab sie selig, eine geborene Antoinette Rozel war, die bis zu ihrem Todestag am liebsten französisch mit mir sprach.

Da stand ich nun auf den Eidechsklippen und starrte übers Meer nach Südwesten in Richtung Bretagne, die unsichtbar hinterm Horizont lag, zum Golf von St. Malo, zur Insel St. Pierre. Und sah für den Bruchteil einer Sekunde, flüchtig wie eine Fata Morgana, das graugrüne Eiland vor mir. Die mit weißem Vogelkalk bespritzten Granitklippen. Hörte Vögel kreischen, sah sie in riesigen Wolken kreisen, Tordalke, Möwen, Austernfischer und Sturmvögel, meine besonderen Lieblinge. Lachen hörte ich, vom Wind verweht, und meinte, ein junges Mädchen wiederzusehen, mit sonnengebräunter Haut und langen, im Wind flatternden Haaren, das dem Jüngling davonlief. Simone. Meinte hingreifen, sie berühren zu können. Und dann legte sich eine Hand auf meinen Arm, holte mich in die Wirklichkeit zurück. Henry stand neben mir, runzelte fragend die Stirn. »Gehst du rüber?«

Fünfeinhalb Jahre lang hatte ich alles nach seinem Willen getan, hatte ständig in Lebensgefahr geschwebt, hatte gelogen, betrogen, getötet, gemordet, bis mein ganzes Wesen verändert schien. Nach dem letzten, blutigen Massaker in den Vogesen, einem achttägigen Kampf gegen die besten SS-Kampftruppen, der mich fürs Leben verstümmelte, hatte ich gemeint, diese Zeiten seien vorbei. Für immer vorbei. Nun fing mein Herz zu klopfen an, meine Kehle schnürte sich zu. »Ich will dir mal was sagen, Henry«, begann ich und zündete mir mit zittrigen Händen eine Zigarette an. »Eine Zeitlang lebe ich hier schon in der Sonne, versuche zu schreiben, und es gelingt mir nicht. Versuche, eine der besten Frauen zu lieben, die mir je begegnet ist, und es gelingt auch nicht. Der Wirt an der Straße ist mein Freund, ich kriege von ihm jede Menge Vorkriegswhisky – aber irgendwie schmeckt er mir nicht mehr. Auf der Flucht durch Frankreich, in den schwärzesten Tagen des Jahres einundvierzig, habe ich besser geschlafen als heute. Kannst du irgendeinen Sinn darin entdecken?«

»Mein lieber Owen, das ist doch ganz einfach. Du hast einfach jede einzelne Minute der Gefahr genossen. Auf dem schmalen Grat zwischen Leben und Tod zu balancieren war dir Notwendigkeit geworden. Du hast während eines Arbeitstages für mich mehr Intensität gezeigt als in einer mit schlechter Lyrik und volkstümlichen Romanen erfüllten Lebensetappe. Und darum wirst du auch jetzt nach St. Pierre zurückkehren: weil du es einfach brauchst – es willst.«

Und damit war er zu weit gegangen, hatte sich verrechnet. Ich schüttelte den Kopf. »Werde ich nicht, lieber Henry, und dagegen kannst du gar nichts tun.« Ich griff nach meiner Augenklappe. »Medizinisch gesehen dienstuntauglich. Hast mir ja selber eine Dienstpension verschafft. Schick doch unseren amerikanischen Freund – zu ihm paßt es besser.«

Er holte einen gelbbraunen Umschlag aus der inneren Brusttasche, nahm einen Brief heraus und gab ihn mir. »Ich hoffe, es steht alles drin, was du wissen mußt. Als ich es mit ihm besprach, wies ich darauf hin, daß du unter Umständen der Meinung sein könntest, deinen Anteil bereits geleistet zu haben.«

Der Brief kam vom Kriegsministerium, war handgeschrieben und trug die übliche Unterschrift. Informierte mich, daß ich ab sofort wieder in den aktiven Dienst aufgenommen würde und mich unter Befehl von Professor Henry Brandon, Sektion D, befände. »Operation Grandepierre.« Sehr sinnig. »Grandepierre« war mein Deckname damals in den Vogesen. Der Brief trug den Stempel: AUSFÜHRUNG SOFORT! Das war's also. Ich hielt den Bogen hoch. »Die erste persönliche Nachricht von ihm. Kann ich ihn behalten?«

Er nahm mir das Schreiben ab. »Hinterher, Owen, wenn du zurück bist.«

Ich nickte und setzte mich wieder auf den Felsen neben ihn. »Na schön, Henry. Dann erzähl mir mal alles darüber.«

»Nach unseren Informationen ist die Insel ziemlich stark befestigt«, begann Henry. »Eine Zeitlang lagen ungefähr sechzehnhundert Mann dort. In den letzten zwei Jahren wurde die Garnison relativ stark reduziert. Die Luftlandepiste war nie viel wert. Nach mehrmaliger Bombardierung ist sie völlig außer Betrieb, das Luftwaffenpersonal wurde abgezogen.«

»Und die Marine?«

»Du weißt ja selbst, wie gefährlich das Wasser im Hafen ist – manchmal kann man ihn überhaupt nicht benützen. So ist die Marine dann auch abgezogen. Bleiben also nur Artillerie-Einheiten und die Pioniere.«

»Wie viele?«

»Etwa sechshundert Mann. Hauptsächlich alte Männer und junge Burschen. Seit dem Parademarsch durch Frankreich haben sich die Zeiten für die Deutschen ein wenig geändert.«

»Wie viele Einheimische?«

»Kann man an den Fingern einer Hand abzählen. Die meisten ließen sich ja kurz vor der Besetzung freiwillig nach England evakuieren.«

»Fünfzig bis sechzig sind aber geblieben«, sagte ich. »Darunter auch der Seigneur und seine Tochter.«

»Ach ja – Henri de Beaumarchais. Der lebt aber nicht mehr. Wurde beim Marinebombardement getötet.«

Ich starrte ihn an, ohne die Worte zu begreifen. Sagte dann: »Henri de Beaumarchais? Bei welchem Bombardement?«

»Unserem. Voriges Jahr, auf den Hafen. Die Tochter scheint noch dort zu sein. Alle anderen Einheimischen wurden vor sechs Monaten weggeholt. Warum sie nicht mitgegangen ist, weiß ich nicht. Jedenfalls lebt sie noch auf der Insel.«

»Sie wird jetzt Seigneur sein«, sagte ich. »Herrin auf St. Pierre. Es gab schon einmal eine Herrin, im dreizehnten Jahrhundert. Sie hat den männlichen Titel getragen. Simone wird es ebenso halten. Sie hat große Achtung vor Traditionen.«

Einen Augenblick lang sah ich sie vor mir, draußen im alten Herrenhaus. Der Seigneurie von St. Pierre.

Ein langer Krieg ist es gewesen. Sie muß sehr einsam gewesen sein. Noch einsamer jetzt, da ihr Vater nicht mehr lebte. Vor knapp fünf Jahren hatte ich sie zuletzt gesehen. In einer dunklen Juninacht 1940. Vierzehn Tage nach der Besetzung durch die Deutschen. War im U-Boot hinübergekommen und mit einem Schlauchboot in der großen Bucht im Osten gelandet. Eine sinnlose Mission, wie die meisten damals. Ich hatte Simone und ihren Vater in der Seigneurie gesprochen und herausgefunden, daß keine zweihundert Deutsche auf der Insel waren. Zwei Stunden vor Sonnenaufgang sollte ich wieder abgeholt werden, und ich bat die beiden mitzukommen. Sie lehnten ab – das hatte ich vorher schon gewußt –, aber Simone bestand darauf, mich zum Strand zu begleiten. Ich erinnerte mich jetzt daran, sah ihr blasses, verschwommenes Gesicht in der Dunkelheit vor mir.

»Seit sechs Monaten verlieren wir nämlich im Kanalgebiet ziemlich viele Schiffe, und vor einem halben Jahr wurden auch fast alle restlichen Einwohner von St. Pierre evakuiert. Kriegten einen schönen Schock, als wir rausfanden, weshalb«, sagte Henry.

»Geheimwaffen im letzten Stadium des Krieges?«

»Nein, natürlich nicht. Wir wußten schon in Anzio darüber Bescheid. Die Deutschen waren ja ziemlich spät dran mit der Sabotage durch Froschmänner und so weiter. Eigentlich erstaunlich, wo die ganze Sache doch bei den Italienern anfing. Jedenfalls haben sie da so eine kleine Todeswaffe entwickelt, die sie ›Nigger‹ nennen und in Anzio zuerst mit Erfolg verwendeten.«

»Und jetzt probieren sie es im Kanal aus?«

»Genau. Die Sache ist nichts weiter als ein normaler Torpedo, bei dem man den Sprengkopf durch Steuergeräte ersetzt. Eine Glaskuppel schützt den Mann, der auf dem Ding sitzt, unter dem ein echter Torpedo befestigt ist. Es geht darum, genau aufs Ziel loszuhalten, den zweiten Torpedo in letzter Sekunde abzulassen und zu versuchen, noch aus dem Weg zu kommen.«

»Und wo haben sie die Männer hergekriegt, die dieses Spielchen mitmachen?«

»Hauptsächlich Division Brandenburg. Das scheinen so ungefähr die einzigen zu sein, die in Deutschland unseren Commandos gleichen. Ein paar Überlebende aus Otto Skorzenys Gruppe ›Donau‹ sind auch dabei. Diese Froschmänner, die den Russen so eingeheizt haben.«

»Und du meinst, sie operieren von St. Pierre aus?«

»Wenigstens bis vor drei Wochen.«

»Bist du ganz sicher?«

»Wir haben jemand da, der bis zu diesem Zeitpunkt drüben war. Ein gewisser Joseph St. Martin. Ist in einem offenen Boot an der französischen Küste bei Granville gelandet. Er kennt dich angeblich.«

»Allerdings.« Ich berührte die Bruchstelle meiner Nase. »Das stammt von ihm. Als ich fünfzehn war.«

»So? Er ist übrigens jetzt oben im Haus.«

Ich sah ihn finster an. »Das geht aber ganz schön plötzlich bei dir.«

»Hatten keine andere Wahl. Du mußt übermorgen untertags los. Die Marineleute sagen, daß danach erst wieder in drei Wochen die Gezeiten günstig wären. «

»Laß mich jetzt mal rekapitulieren. Ich soll also drüben an Land gehen, soviel wie möglich über das Projekt ›Nigger‹ herausfinden und wieder absausen, möglichst noch in der gleichen Nacht.«

»Ja, so ungefähr. Ich hoffe, daß dir die Informationen dieses St. Martin eine Hilfe sind. Es gibt noch Leute auf der Insel, die du kontaktieren könntest. Miss de Beaumarchais zum Beispiel.«

Ich saß verbittert da und versuchte, das Ganze zu verdauen.

»Und du meinst wirklich, daß es zu diesem Zeitpunkt noch wichtig ist?«

Er hielt den Brief hoch. »Die Regierung meint es jedenfalls. Wenn die Deutschen beschließen, auf den Kanalinseln zu kämpfen, anstatt aufzugeben, könnte diese ›Nigger‹-Sache allen angreifenden Schiffen ganz schön gefährlich werden.«

»Und dieser Fitzgerald. Was hat der damit zu tun?«

»Der ist okay. Dreimal ausgezeichnet. Seit zwei Jahren bei den Einundzwanzigern. Spezialistentruppe. Eine ganz gemischte Gesellschaft. Amerikanische Rangers, französische und britische Sabotageeinheiten. Spezialisiert auf Arbeit mit kleinen Booten, Unterwassersabotage und dergleichen. Fitzgerald ist schon dreiundzwanzigmal im Kanal aktiv geworden.«

»Vielleicht auch bei der Sprengung des leeren Leuchtturms in der Bretagne und all den Landungen auf unbewohnten französischen Inselchen und an verlassenen Stränden, wo sie keine Seele sahen und von keiner Seele gesehen wurden? Oder war das eine andere Einheit?«

»Warum so sarkastisch?«

»Oh, mißversteh mich bitte nicht. Ich habe mindestens soviel Achtung vor echten Commandos wie jeder andere. Die Burschen zum Beispiel, die gestern nach Lüneburg vorgedrungen sind. Aber solche Gruppen wie die von Fitzgerald sind wieder was ganz anderes. Erinnern verdammt an Privatarmeen des Mittelalters, die das Land schröpfen und von Gutshöfen aus operieren. Was haben all diese Sondereinheiten insgesamt eigentlich erreicht?«

Er lächelte. »Jedenfalls eine ganz gute Beschäftigungstherapie für gewisse Typen.«

»Na ja, dann schütt mir dein Herz aus. Was ist seine Aufgabe?« Ich wollte meinen Ohren nicht trauen! Fitzgerald und fünf andere Rangers sollten in Zwei-Mann-Rob-Roy-Kanus in den Hafen von Charlottestown eindringen, Minen an allem befestigen, was sie dort vorfanden, und unentdeckt wieder verschwinden.

»Ja, Herrgott noch mal, Henry, was soll denn das? Das ist doch völlig sinnlos! In dem Hafen ist bestimmt nichts, was eine Mine lohnt.«

»Vielleicht hast du recht, und im übrigen steht dir frei, zu denken, was du willst. Aber eines muß ich dir noch klarmachen. Ursprünglich war es gar nicht unsere Sache. Es ist eine gemeinsame Aktion. Ich hatte nur durch Zufall davon gehört und mich über Mittelsmänner bei den zuständigen Stellen gemeldet. Dachte natürlich gleich an dich und deine einzigartige Kenntnis der Insel. Habe sie dann überredet, ihren Plan zu modifizieren.«

»Rührend von dir. Und wer kommandiert?«

»Du als Ranghöchster, aber es wird vermutlich gar keine Situation geben, in der du von deiner Autorität Gebrauch machen mußt. Du landest allein und hast deine eigene Aufgabe zu erfüllen. Major Fitzgerald und seine Leute müssen sich um sich selbst kümmern.«

»Solange er nicht sentimentale Anwandlungen kriegt, okay«, meinte ich. »Der sieht mir verdammt aus wie einer, der mit gezücktem Säbel sterben möchte, das Haupt in Ruhmeswolken eingehüllt.«

»Ach nein, ich glaube, er wird ganz vernünftig sein. Kein intelligenter Mensch wird zu diesem Zeitpunkt noch seinen Kopf hinhalten wollen.«

Da mußte ich doch laut lachen.

»Deine Ironie war immer schon besonders reizvoll, Henry.«

»Schön, daß du auch noch lachen kannst.« Er stand auf und rieb sich die Hände. »Und jetzt zu Mrs. Bartons fabelhaftem Essen. Sie war vorhin gerade noch beim Kochen. Hat uns eine dreiviertel Stunde Zeit gegeben.«

»Mich mußt du entschuldigen.« Ich schüttelte den Kopf. »Ich bleibe noch eine Weile hier. Muß nachdenken. Du kannst mir aber Joe St. Martin herschicken. Das möchte ich so bald wie möglich hinter mir haben. Besonders angenehm war mir der Kerl nie.«

»Geht in Ordnung.« Henry schien zu zögern. Er hatte sogar soviel Schamgefühl, zu erröten, als er einen zweiten Umschlag aus der Tasche zog. »Dann geb' ich dir deinen Befehl lieber gleich.«

»Offensichtlich schon im voraus fertiggestellt.«

»Wie du siehst.«

»Dann wünsch ich dir guten Appetit.« Ich sah ihm noch eine

Weile nach, ehe ich den Umschlag öffnete. Das Blatt darin enthielt meinen Auftrag im knappsten Beamtenenglisch.

»Instruktion Nr. D 103
Für Colonel Owen Morgan
Operation Grandepierre
Deckname: nicht nötig

INFORMATION – STUFE EINS
Wir haben mit Ihnen die Möglichkeit der Landung auf der Insel St. Pierre (Kanalinsel) besprochen, wobei Sie so viel Informationen wie möglich über das Ausmaß des Feindprojektes NIGGER sammeln sollen. Sie haben erklärt, daß Ihrer Ansicht nach Sie nichts daran hindert, zu Ihrer Heimatinsel zurückzukehren.
Wir glauben, daß die Informationen des Joseph St. Martin es Ihnen ziemlich leichtmachen sollten, mit Informanten auf der Insel in Kontakt zu gelangen, die über die Sache ausreichend Bescheid wissen.

INFORMATION – STUFE ZWEI
Während Ihres Aufenthaltes auf der Insel werden Major Edward Fitzgerald, Master Sergeant Grant, Sergeant Hagen und die Corporals Wallace, Stevens und Lovat mit drei Rob-Roy-Kanus in den Haupthafen von Charlottestown eindringen und dort so viele Minen wie möglich anbringen. Dies ist der einzige Zweck ihrer Fahrt, und sie dürfen KEINESFALLS, wiederhole: KEINESFALLS, eine Landung versuchen oder irgendwelche Zwischenfälle provozieren, durch die der Feind von ihrer Anwesenheit erfährt.
Falls irgendwelche drastischen Änderungen sich als notwendig erweisen, haben Sie als Rangältester das Kommando.

METHODEN
Nach unserer Kenntnis werden laut Hitlers Kommandobefehl Angehörige von Sondereinheiten, die dem Feind in die Hände fallen, exekutiert. Es sind aber auch Fälle bekannt, wo

sie zu Arbeit in Ketten gezwungen wurden. Bei Gefangen-
nahme ist also die Situation für Soldaten besser als für
Spione. Sie arbeiten daher unter Ihrem eigenen Namen und
Rang, Erkennungsmarken werden geliefert.

Am Abend des 25. werden Sie mit MGB 109 LC nach
St. Pierre gebracht und mit einem Beiboot ca. um 22.30 Uhr
an Land gesetzt. Major Fitzgerald und seine Gruppe werden
um 23.00 Uhr etwa einen Kilometer vor dem Hafen abge-
setzt.

Sie werden als erster ca. um 2 Uhr morgens abgeholt, die
anderen treffen so bald wie möglich danach beim MGB
ein.

FUNKVERBINDUNG

Es wird keinerlei Funkverbindung geben. Handlampensi-
gnale sind nur beim Treffen zur Rückfahrt zulässig.

WAFFEN

Nach Ihrer Wahl, aber ausschließlich solche, die Sie für Nahkampf benötigen würden.

ZUSAMMENFASSUNG

Die Situation ist Ihnen genügend klargemacht worden, so
daß Sie die Bedeutung dieser Mission kennen. Sie müssen
unter allen Umständen die geforderte Information zu erlan-
gen versuchen. Im Notfall geht Ihre Mission der des Major
Fitzgerald voran; er und seine Leute müssen unter Umständen aufgegeben werden.

BEFEHL VERNICHTEN«

Ich entzündete ein Streichholz, hielt es an eine Ecke des Blat-
tes. Ließ das brennende Papier zu Boden schweben und zer-
stampfte die Asche. Drückte sie mit dem Absatz ins Gras und
kletterte dann wieder hinunter zum Strand.

Alles war klar und deutlich. Inklusive des Details über den
Kommandobefehl. Nicht daß ich das nicht mochte. Meine
einzige Frage während der vergangenen fünf Jahre war nicht

gewesen, *ob* sie mich töten würden, wenn sie mich in die Hände bekamen, sondern *wie*. Zwei unvergessene Tage lang im Gestapo-Hauptquartier – in der Rue de Saussaies, hinter dem Innenministerium in Paris – hatte ich gemeint, meine Zeit wäre um. Aber die waren auf mein Spiel vom kleinen, unwichtigen Mitläufer hereingefallen. Ein paar Tage darauf sprang ich aus einem Zug, der mich mit tausend anderen Elenden nach Polen bringen sollte, als Arbeiter der Organisation Todt.

Ich lief bis zum Wasser und dachte über alles nach, vor allem aber über Simone dort auf der anderen Seite, allein in dem alten Haus in der Mulde zwischen den Buchen – »einsam seit Anbeginn der Zeit bis zum heutigen Tag«. Die Verszeile ging mir nicht mehr aus dem Sinn. Ich hatte vergessen, wie es weiter hieß: »Einsam seit Anbeginn der Zeit bis zum heutigen Tag ...« Aus einem Gedicht, das sie besonders liebte. Ein chinesisches Gedicht, das Ezra Pound übertragen hatte. »Am Nordtor bläst der Wind den Sand ...« Ich starrte aufs Meer hinaus, Herz und Hirn füllten sich mit Erinnerungen an sie, und dann rief mich jemand von hinten an.

Joe St. Martin war jenseits des Drahtverhaus stehengeblieben. »Keine Angst, komm nur her«, rief ich ihm zu.

Zögernd ging er weiter, wie auf rohen Eiern zuerst, dann schließlich gewann er seine alte Selbstsicherheit und beeilte sich. Fünf Jahre älter war er als ich, also einunddreißig oder zweiunddreißig jetzt. Ein großer, angeberisch wirkender Mensch. Ich hatte ihn noch nie gemocht, und er hat mich immer irgendwie verachtet. Kleiner Owen – kleiner Owen Morgan – hatte er mich genannt und bei den Haaren gepackt. Als ich fünfzehn war, erwischte ich ihn auf der oberen Wiese im Heu mit Simone, die versuchte, ihm ihre Finger in die Augen zu drücken. Ich schlug mit Händen und Füßen auf ihn ein, und er brach mir die Nase. Sie weinte wegen meiner Verletzung und küßte mich zum erstenmal. Das entschädigte mich für alles. Sie war siebzehn. Normalerweise in diesem Alter ein unüberbrückbarer Abstand. Aber für uns gab es von da an nur noch uns beide.

Sein blauer Anzug war eine Nummer zu groß. Mit dem weißen Pullover und den Armeestiefeln sah er darin irgendwie klobig und grob aus. Einen Meter vor mir blieb er stehen und blickte mich unsicher an. »Bist du es, Owen?«

Ich antwortete nicht. Er schüttelte verwundert den Kopf.

»Angeblich schon Colonel geworden.«

»Stimmt.«

Plötzlich grinste er, verschlagen und schleimig wie eh und je. »Kleiner Owen – kleiner Owen Morgan. Ich hätte dich nicht wiedererkannt.«

»Macht nichts«, sagte ich. »Du sollst bis vor drei Wochen noch auf der Insel gewesen sein. Erzähl.«

»Da gibt's nicht viel zu erzählen.« Er hob die Schultern. »Ich hatte eine Chance, mit dem Fischerboot wegzukommen, und nützte sie. Der Großteil der Bretagne war ja schon in alliierten Händen.«

»Woher wußtest du das?«

»Von Ezra – Ezra Scully. Hat sein Radio während der ganzen Besatzungszeit behalten. Regelmäßig BBC gehört.«

»Die meisten Einheimischen sind doch vor einem halben Jahr nach Guernsey gebracht worden?«

»Stimmt. Und dann kamen die Froschmänner.«

»Wieso haben sie dich dabehalten?«

Wieder Schulterzucken. »Für den Hafen und die Durchfahrt brauchten sie ein paar Lotsen. Du weißt selbst, wie das mit dem Mühlbach ist. Le Coursier. Sie haben nämlich ein Boot nach dem anderen verloren.«

»Und deswegen seid ihr beide geblieben, Ezra und du?«

»Genau.«

»Wer sonst noch?«

»Jethro Hughes ist noch mit seinem Sohn Justin auf der Farm. Die Deutschen brauchen genauso ihre Milch wie die anderen. Und der alte Doktor Riley – weil sie selber nicht genug Militärärzte haben.«

»Und der Seigneur?«

»Letztes Jahr beim Bombardement draufgegangen. Aber sie ist noch da – Simone. Ist jetzt Seigneur.«

»Und deswegen durfte sie bleiben? Weil sie Seigneur ist?«

»Vielleicht. Ich weiß es nicht.« Schulterzucken. »Hure wäre wohl eine bessere Bezeichnung für sie. Die Hure und ihr Liebhaber, Herr Steiner. Seigneur? Eher Naziliebchen!«

Als ich antwortete, schien meine Stimme von außerhalb zu kommen, mir nicht zu gehören. »Wovon redest du da?«

»Von Simone und ihrem Liebhaber, Herrn Steiner. Den sie behandeln wie den Führer persönlich.«

»Du lügst!«

»So, ich lüge? Ich hab' die beiden oft genug gesehen. Auch wenn sie ihm nackt Modell steht. Da gibt's was zu glotzen.« Und dann erst fiel es ihm ein. Er grinste. »Hab' ich ja ganz vergessen. Du bist doch auf sie gestanden. Armer Owen – armer kleiner Owen Morgan. Hättest du sie nicht selbst gern vernascht? Kann dir's nicht verdenken, Bürschchen. Tät's auch gern.« Er lachte und versetzte mir den altvertrauten verächtlichen Schulterhieb.

Ich schlug ihm mitten ins Gesicht und sprach wieder mit meiner eigenen Stimme. »Die Menschen ändern sich kaum, was, Joe? Du hast immer schon eine Dreckschleuder gehabt.«

Er betastete erstaunt sein Gesicht, dann brach die Wut in ihm durch. Er stürzte sich auf mich, wollte mich schlagen, wie er es früher so gern getan hatte.

Aber die Zeiten hatten sich geändert, und ich selbst war ebenfalls ein anderer, im Gegensatz zu ihm. Fing seinen Angriff mit einem gezielten Fußtritt ab; wären die Sohlen meiner Schuhe nicht so weich gewesen, hätte mein Tritt ihn lebenslang verkrüppelt. So krümmte er sich nur laut brüllend, direkt vor meinem Knie, das ich benützte, um ihn wieder in die Senkrechte zu bringen.

Dann lag er auf dem Rücken, die Knie angezogen, wand sich vor Schmerz. Ich hockte mich neben ihn. »Ich glaube, ich habe dir die Nase gebrochen.«

Er starrte mich wütend an; ich stand auf und sah Grant auf der anderen Seite des Drahtverhaus. Er stand stramm und sagte: »Die Dame oben schickt mich, Sir. Wenn Sie essen wollen, sollen Sie bitte jetzt kommen.«

»Geht in Ordnung«, antwortete ich und wies mit dem Kopf auf St. Martin, der jetzt saß, die Hände zwischen den Schenkeln. »Bleiben Sie bei unserem Freund hier, bis er wieder gehen kann, und bringen Sie ihn dann rauf. Wir haben noch was zu reden.«

Grant salutierte erneut und verzog keine Miene, als er sich umwandte und zu Joe ging. Ich stapfte nach oben. Auf halbem Wege blieb ich mit klopfendem Herzen stehen. Nicht vor Erschöpfung. Ob es stimmte? Konnte es überhaupt stimmen? Nein, ich glaubte es nicht – würde es nie glauben! Haß auf Joe St. Martin stieg in mir auf. Wäre ich jetzt zum Strand zurückgegangen, würde ich ihn womöglich getötet haben. Bei Vorfällen wie diesem kam mein walisisches Erbe in mir hoch. Die Fähigkeit, wild zu hassen und danach zu handeln. Ich mußte mich zum Weitergehen zwingen.

4

Der größte Unterschied zwischen Fitzgerald und mir lag wohl darin, daß mein Vater in einer kleinen Hütte geboren wurde und zumindest zu Anfang sein Leben als Fischer fristete, während Fitzgerald der Sohn eines der reichsten amerikanischen Bankiers war. Wenn ich es heute so betrachte, meine ich, zu hart mit ihm gewesen zu sein. Aber jeder ist nun einmal so, wie ihn sein eigenes Schicksal geformt hat, und man kann das schwer ändern. Fitzgerald trug den Stempel unermeßlichen Reichtums, und ich war ein kleiner walisisch-bretonischer Bauernjunge, trotz meines Vaters Geld und trotz Oxford. Und war viel zu flink mit dem Messer für einen Herrn, der es für ehrenhaft hielt, sich von jemandem zusammenschlagen zu lassen, der besser boxte als er.

Ich nahm mein Messer in die Hand, ließ die Klinge herausspringen und warf es blitzschnell, mit einer einzigen fließenden Bewegung. Es zitterte leise im hölzernen Pfosten am Ende der Veranda.

Als ich es holen ging, grinste ich Henry zu. »Ich glaube, ich bin der einzige Colonel der britischen Armee, der dieses Kunststück beherrscht.«

Fitzgerald saß auf dem Verandageländer und trank seinen Kaffee. Er räusperte sich. »Noch schwieriger ist es bei Nacht. Und gerade dann haben wir so was nötig. Nachtlandung, Sie wissen schon. Wachen auf den Klippen. Wir haben es immer mit verbundenen Augen geübt. Erinnern Sie sich, Grant?«

»Und Sie waren immer der Beste«, ergänzte der pflichtgemäß.

Ich nahm die Herausforderung an. Daß er es konnte, wußte ich, denn er war nicht der Typ, der sich aus freien Stücken öffentlich blamierte. Einen Augenblick lang wog er das Messer in der rechten Hand, schloß dann die Augen und warf mit solcher Kraft, daß die Spitze gut fünf Zentimeter ins Holz drang.

Er öffnete die Augen und lächelte. »Oh, schön.«

Ich holte das Messer, klappte es zusammen und schüttelte den Kopf. »Nie gegen eine Gewinnsträhne angehen, wie mein Freund der Spieler zu sagen pflegte.« Ich sah Unsicherheit in seinem Blick und dann Verachtung. »Jedenfalls haben Sie sich einen großen Whisky verdient«, meinte ich. »Im Wohnzimmer drinnen finden Sie alles Nötige.«

Er runzelte die Stirn und blickte Henry an. »Darf ich fragen, Professor Brandon, wann wir unsere Angelegenheit besprechen werden?«

»Wenn ich soweit bin, Major«, schaltete ich mich ein, »erfahren Sie es sofort.«

Ich dachte, er würde jetzt vor Wut platzen, aber er wandte sich nur abrupt um und ging sehr steif ins Haus. Grant folgte ihm.

Henry schwieg. Ich ging ans andere Ende der Veranda, schloß die Augen, zog das Messer heraus, drehte mich um und warf. Traf den Pfosten knapp neben der ersten Stelle.

»Zufrieden?«

Er seufzte und ging das Messer holen. »Zirkustricks, Owen. Schülerspiele.«

»Drei Monate lang habe ich das auf der Farm in der Bretagne gelernt, während mein linkes Bein heilte. Herbst 1940.«

»Was willst du eigentlich? Warum springst du so hart mit Fitzgerald um?«

»Weil's mir Spaß macht – mir ist einfach danach. Wenn es dir nicht paßt, kannst du dir ja jemand anderen suchen.«

»Was ist los mit dir?«

Ich hielt das Messer hoch. »Kinderspiele? Vielleicht für jemanden wie dich, der hinterm Schreibtisch sitzt und plant. Nichts als Papierkram um sich her. Ich hab' mit diesem kleinen Ding fünfmal getötet. Denk vielleicht mal dran bei deiner nächsten Teepause.« Ich klappte das Messer wieder zusammen und steckte es in die Tasche. »Ich möchte jetzt mit St. Martin reden. Holst du ihn und bleibst dann dabei?«

Als er mit Joe zurückkam, saß ich auf dem Verandageländer. Joe sah blaß und krank aus, gut zehn Jahre älter als vorher. Aus seinen Augen sprach immer noch Haß. Hätte ich damals daran gedacht, wäre manches wohl anders gekommen. Oder auch nicht.

Ich selbst bot ihm Whisky an. Er nahm das Glas, ohne ein Wort zu sagen. Ich bat Henry, uns die Landkarten zu bringen. Eine Admiralitätskarte der ganzen Gegend und einen Übersichtsplan von St. Pierre. Mit Tinte war alles mögliche darauf eingetragen: Geschützstellungen, Befestigungen und dergleichen. Offensichtlich Informationen St. Martins.

»Ich möchte jetzt ganz klare Antworten auf meine Fragen haben. Verstanden?«

Er nickte. Wir fingen zu arbeiten an. Größtenteils bestätigte er nur, was Henry mir bereits berichtet hatte. Aber wir gingen alles Schritt für Schritt durch, weil ich genauestens wissen wollte, worauf ich mich einließ.

Das Bild, das er umriß, war düster genug. Alle Buchten vermint, Landung nirgends möglich. Das konnte man auch aus der Landkarte ersehen.

»Bis auf eine Stelle«, sagte er und wies mit dem Finger auf die Halbinsel im Südosten.

»Die Teufelstreppe?« fragte ich.

»Bei richtigem Wasserstand müßte es gehen.«

»Die Klippen sind dort mindestens hundert Meter hoch.«

St. Martin nickte. »Darum ist dort auch keine Abwehr. Halten es nicht für nötig.«

»Und von der Teufelstreppe haben sie keine Ahnung?«

Er schüttelte den Kopf. »Nein, das wüßte ich.«

Ich erklärte Henry die Sache. »Bei Ebbe wäre es unmöglich, aber während der Flut ist der Wasserspiegel fast zehn Meter höher. Dann erreicht man ein Loch in der Felswand, und von dort geht es durch eine Spalte bis hinauf.«

»Klingt trotzdem ganz schön gefährlich«, meinte er.

»Ich hab's schon gemacht.«

»Aber vermutlich bei Tag.«

Ich zuckte nur mit den Schultern und befragte dann St. Martin über die restlichen Inselbewohner. Riley lebte noch in der Stadt, Ezra Scully in seiner alten Hütte neben der Rettungsstation Granville, auf der Südseite der Insel.

»Weiß gar nicht, wie er das macht«, sagte Joe. »So ganz allein. Die anderen Häuser in Granville stehen ja seit 1940 leer.«

»Jethro Hughes und sein Sohn sind noch auf der Gutsfarm?«

Er nickte.

»Und Simone de Beaumarchais?«

»In der Seigneurie – im Gutshaus, wie immer.«

Das überraschte mich eigentlich. Aber ich war hier auf gefährlichem Boden, und er wußte es wohl. Drum fragte ich nur noch, ob sie Einquartierung hatte.

Er schüttelte den Kopf. »Nein, ihr Vater wollte es nicht. Bestand auf seinen Rechten als Seigneur, und die Deutschen sind ihm auf halbem Weg entgegengekommen. Sie wollten keine Schwierigkeiten haben. Nach seinem Tod boten sie der Tochter ein Haus in der Stadt an, aber sie wollte nicht weg.«

Ich ließ es dabei bewenden. »Und die Froschmänner?«

»Sind vor fünf Monaten gekommen, nachdem die meisten unserer Leute nach Guernsey mußten. Zuerst waren es dreißig.«

»Wer hatte das Kommando?«

»Eigentlich ein junger Leutnant, ein gewisser Braun, aber der ertrank in der zweiten Woche. Hat im Grunde ohnehin nie gezählt. Steiner hatte von Anfang an das große Wort. Nur er hatte das Sagen.«

Ich fühlte eine große Leere in mir. Goß mir auch einen Whisky ein.

»Erzähl mir von ihm.«

»Was willst du denn wissen?« Daß er Steiner nicht mochte, merkte ich im Grunde bereits damals, und das sprach eher für den Deutschen. »Der ist sogar vom Gouverneur mit Glacéhandschuhen angefaßt worden, und der war SS-General.«

»Was ist denn so Besonderes an ihm?«

»Ich weiß es selbst nicht. Vor allem kümmert er sich kaum um die anderen. Verbringt die halbe Zeit mit Malen und Zeichnen, überall auf der Insel. Spricht besser Englisch als du. Ein Pionier-Unteroffizier hat mir mal gesagt, er wäre in London auf dem College gewesen und sein Vater – nein, sein Stiefvater – sei ein wichtiger Mann in Deutschland.«

Ich wandte mich zu Henry, der schon in seiner Aktentasche kramte. »Von 1935 bis 1937 war ein Manfred Steiner an der Kunstschule. Ein paar seiner Lehrer haben wir noch aufgestöbert.« Er holte ein Blatt hervor. »Willst du es lesen?«

Ich schüttelte den Kopf. »Nein, erzähl.«

»Geboren 1916, der Vater fiel im letzten Kriegsjahr – preußische Familie, so eine, wo die Männer immer in die Armee gingen. Die Mutter heiratete wieder, als er zehn war. Einen gewissen Otto Fürst.«

»Den Industriellen? Den Waffenfabrikanten?«

»Genau.«

»Ob Steiner vor dem Krieg als Amateurspion gearbeitet hat? Damals gab's eine Menge solcher angeblicher Studenten.«

»Ich weiß nicht.« Er schüttelte den Kopf. »Mich wundert mehr, daß er kein Offizier ist.«

Womit er recht hatte. Bei Steiners Herkunft wirklich verwunderlich. Aber es hatte keinen Sinn, sich jetzt darüber den Kopf zu zerbrechen.

Der alte Gouverneur, General Müller, war, eine Woche, ehe St. Martin fliehen konnte, bei einem Unfall ums Leben gekommen. Standartenführer Radl war jetzt stellvertretender Gouverneur. Über ihn hatte Joe viel zu sagen: »dieses Schwein«, wie er sich ausdrückte. Nach seiner Erzählung war Radl jedenfalls ein sehr kalter Mann.

Ich notierte mir einiges auf der Karte, starrte meine Kritzeleien an und nickte dann Henry zu: »Ich glaube, das reicht. Schaff ihn bitte weg.«

Joe St. Martin stand auf und lehnte sich schwer auf den Tisch. Er funkelte mich an. »Hoffentlich erwischen sie dich, Owen Morgan. Hoffentlich lassen sie dich auf dem Stacheldraht hängen als Futterstelle für die Möwen.«

»Kein schlechter Gedanke«, entgegnete ich kühl und ging ins Haus. Die Karten nahm ich mit mir.

Von draußen hörte ich die Stimmen im Wohnzimmer. »Komischer Kerl, dieser Colonel Morgan«, sagte Grant und lachte ziemlich respektlos.

»In die schottische Garde hätte er jedenfalls nicht gepaßt.«

Fitzgerald antwortete eisig: »Ich möchte Sie nicht noch einmal so über Colonel Morgan reden hören. Warten Sie draußen im Wagen auf mich.«

»Sir!« hallte Grants Stimme an den Wänden wider. Ich sah sein strammes Salutieren förmlich vor mir. Als er mich vor der Tür entdeckte, nahm er erneut Haltung an und ging dann rasch hinaus.

Fitzgerald stand am Fenster. Bei meinem Eintreten wandte er sich um. Ich breitete die Karten auf dem Tisch aus.

»Wie kommt dieser Hochlandschotte in die amerikanische Armee?«

»Grant?« Er zuckte mit den Schultern. »Eine Zeitlang war er Berufssoldat – bei der schottischen Garde. Hat sich freigekauft und wurde Berufsboxer. Erhielt kurz vor dem Krieg die amerikanische Staatsbürgerschaft.«

»Taugt er was?«

»Fabelhafter Kämpfer«, sagte Fitzgerald leicht indigniert, als hätte ich einen unpassenden Verdacht geäußert.

»Also, dann wollen wir mal. Kann ich Ihre Order sehen?«

Er überreichte sie mir stumm. Ich überflog den Text. Sein Befehl war meinem sehr ähnlich und unterstrich genau die wichtigen Einzelheiten: daß meine Mission seiner vorging, daß er auf keinen Fall landen oder unnötig Unruhe verursachen sollte und in jeder extremen Lage sich an mich zu wenden habe.

»Sie haben das genau gelesen und begriffen?«

Er nickte. »Voll und ganz.«

Dann ließ ich das Blatt ins Feuer fallen und widmete mich den Karten. »Ich kenne diese Gewässer wie meine eigene Hand, und das ist in unserem Fall ziemlich wichtig. Die reinste Todesfalle. Ihr Auftrag, so wie er auf dem Blatt stand, hätte Sie und Ihre Leute wahrscheinlich in den Tod geführt.«

Henry starrte mich überrascht an. Fitzgerald nahm diese Eröffnung sehr ruhig auf und wartete geduldig auf meine Fortsetzung.

»Nach Beendigung Ihrer Mission sollen Sie den Hafen verlassen, etwa eineinhalb Kilometer nach Osten paddeln und dort Signal geben, daß man Sie holt.«

»Genau.«

Ich schüttelte den Kopf. »Dann warten Sie vermutlich die ganze Nacht umsonst und werden nie gefunden.« Ich fuhr mit dem Finger zur Nordecke der Insel. »Sehen Sie mal hier – Le Coursier – der Mühlbach. Schon normalerweise eine scheußliche Sache, aber bei Flut entsteht da eine Strömung von gut zehn Knoten. Wenn die Ihre leichten Kanus packt, landen Sie zerschmettert an den Ostklippen.«

»Aha.« Er nickte ernst. »Und was sollen wir statt dessen tun?«

»Sowie Sie den Hafen verlassen haben, nach Süden fahren, um Fort Windsor herum, immer die Küste entlang bis hierhin.« Ich berührte die Stelle mit dem Finger. »Da werde auch ich abgeholt.«

Fitzgerald betrachtete die Karte eine Weile. »Ja, scheint mir auch besser. Und wir sparen außerdem Zeit dabei.«

»Das ist also dann klar.« Ich faltete die Karte zusammen und gab sie Henry zurück. »Gehört dir. Wann soll ich in die Stadt kommen?«

»Gar nicht nötig, Owen. Morgen abend fährst du nach Falmouth. Ich schick dir einen Wagen. Die Reise geht am darauffolgenden Tag mittags los.«

»In Ordnung. Je eher, desto besser. Jetzt, wo wir Bescheid wissen.«

»Fein, das wär's dann wohl.« Er steckte die Karten in seine Aktentasche. »Wir fahren jetzt. Ich sag' gerade noch Mrs. Barton auf Wiedersehen.«

Henry ging hinaus; Fitzgerald wollte ihm folgen, zögerte jedoch. Er wirkte gehemmt. »Entschuldigen Sie bitte meine Frage – aber das Bild über dem Kamin . . . Es ist außergewöhnlich. Ich kann nur die Signatur nicht lesen.«

»Das glaube ich gern«, sagte ich. »Ist walisisch. Ein Tick des Malers.«

»Aha. Wirklich ganz außerordentlich – einzigartig. Falls Sie je daran denken, es zu verkaufen . . .«

Ich blickte hinauf zu den ruhigen grauen Augen der Frau auf dem Bild, hatte wieder das Gefühl, sie spreche mit mir.

Dann schüttelte ich den Kopf. »Wird kaum je der Fall sein. Aber ich freue mich, daß es Ihnen gefällt. Es ist ein Bild meiner Mutter. Einen Monat, nachdem er es gemalt hatte, kam mein Vater ums Leben. Es ist sein bestes Werk.«

Die folgende Stille irritierte mich irgendwie. Ich erwartete wohl eine verlegene Reaktion von Fitzgerald. Heute weiß ich, daß ich ihn damals sehr falsch einschätzte. »Eines noch, ehe Sie gehen«, sagte ich. »Keine Pfadfinderheldentaten bei dieser Mission, bitte. Sie haben ohnehin schon genug Orden zum Angeben daheim.«

Er wurde ganz blaß und sah mich schmerzlich berührt an. Holte tief Atem, schob die Kappe zurecht und salutierte sehr formell.

»Gestatten Sie, Colonel, daß ich mich verabschiede?«

»Ach, hören Sie doch auf damit!« sagte ich verärgert; er salutierte nochmals mit ernstem Gesicht und ging hinaus.

Es war mir unmöglich, gleich danach zu Mary zu gehen. Den ganzen Nachmittag wanderte ich ziellos die Klippen entlang, überdachte alles noch einmal. Erst am frühen Abend kehrte ich heim. Im Haus war sie nicht. Ich trat auf die Veranda. Der Himmel brannte, flammte in allen Rotschattierungen. Die Sonne fiel hinter den Rand der Welt. Dämmerung brach ein, alles war still; schwarz zeichnete sich die Landschaft gegen den Flammenhimmel ab.

Sieben Raben hockten auf dem Dach des alten Sommerhauses. Ein Symbol? Wenn ja, wofür? Diese Frage stellte der Schriftsteller in mir, der wissen will, warum Dinge geschehen, überall Bedeutung aufzuspüren versucht.

Ein leises Geräusch in der Dunkelheit. Dann hörte ich Mary: »Kannst du mir's sagen?«

»Wieder ein Einsatz. Übermorgen geht's nach St. Pierre.«

Sie war ehrlich schockiert. »Das ist doch Unsinn, absoluter Unsinn – der Krieg ist so gut wie vorbei! Warum läßt dich Henry deinen Kopf jetzt noch riskieren? Du hast schon genug getan, mehr als genug!«

Ich schilderte ihr die Sache kurz, soviel ich eben darüber berichten durfte. »Außer dir sage ich es niemandem und dir nur, weil ich dir eine Erklärung schulde.«

»Du schuldest mir gar nichts.« Ihre Hand suchte mein Gesicht. »Ich habe dir geholfen und du mir. Ich kann jetzt wieder weiter, vorher konnte ich es nicht. Und bitte keine Lügen, keine Verpflichtungen. Wie wir's vereinbart haben.«

»Ist gut.« Ich spürte die Erlösung von meinem Schuldgefühl fast körperlich. »Wie wär's mit Abendessen?«

»Ja, gern.« Sie ging zur Tür, blieb dann aber stehen. »Du hast zwar diesen Auftrag bekommen, aber du gehst auch gern, stimmt's?«

»Ich weiß es ehrlich nicht.«

Sie schüttelte den Kopf. »Armer Owen – was wirst du machen, wenn alles vorüber ist? Was tust du, wenn die Töterei ein Ende hat?«

Immerhin nahm sie an, daß ich überleben würde. Auch schon etwas.

5

Nach der ersten sinnlosen Erkundung auf St. Pierre im Juli 1940 hatte Henry mich zum Fallschirmspringen beordert. Das Training begann an einem kalten, windigen Morgen auf dem verlassenen Flugplatz in Yorkshire. Unser Vertrauen darauf, daß der Mensch die Kräfte der Natur besiegen kann, wurde bald erschüttert, als wir sahen, daß mindestens die Hälfte der mit Sandsäcken beschwerten Fallschirme nicht aufgingen.

Fünf Sprünge absolvierte ich dann, und vierzehn Tage später ließ ich mich aus der Öffnung im Boden der »Whitley«, die eigens für diesen Zweck eingebaut worden war, nach unten plumpsen und fiel mit schreckenerregender Geschwindigkeit auf die Bretagne zu.

Das Aufkommen mit dem Fallschirm soll etwa demjenigen nach einem Sprung aus fünf Meter Höhe ähnlich sein. In meinem Fall machte ich unerwartete Bekanntschaft mit dem Dach eines Heuschobers und brach mir ein Bein. Meine lange Rekonvaleszenz verlebte ich in Gesellschaft eines alten bretonischen Kapitäns, der jetzt eine Farm betrieb und mir ein paar interessante Messertricks beibrachte.

Einer möglichen Wiederholung dieses Vorfalls ging ich später aus dem Weg, indem ich andere Methoden wählte, ein Land zu betreten. Man konnte schließlich auch mit einer »Lysander« oder »Hudson« einfliegen. Dies tat ich mehrmals. Bei der letzten Aktion in den Vogesen flog ich sogar mit zweitausend Kilo Vorräten und Munition in einer DO 3 ein. Außerdem gab's auch noch Spanien und die Kraxelei über die Pyrenäen.

Salzwasser war aber irgendwie in meinem Blut, und so genoß ich diese schnelle Nachtfahrt, eine von vielen, die ich nun schon fast routinemäßig absolvierte.

Meistens brachte man die »Kunden« von London nach Torquay, wo sie auf den Abreisebefehl warten mußten. Aus Sicherheitsgründen wurde stets Uniform getragen.

Dann ging es am Mittag des großen Tages in Falmouth ab.

Ein merkwürdiges Gefühl, wieder in Uniform zu stecken. Immerhin hatte ich damit Anrecht auf die Kommandantenkabine und auf respektvolle Behandlung, wie es in der Marine mehr als bei anderen Truppenteilen gegenüber Ranghöheren üblich ist.

Der Kommandant, ein Leutnant meines Alters, sah aus, als habe er diesen Krieg voll und ganz genossen und würde nicht wissen, was er nachher mit sich anfangen sollte.

»Freue mich, Sie an Bord begrüßen zu können. Es geht gleich los.«

Er verschwand. Wenige Augenblicke später erwachten die großen Dieselmotoren knurrend zu neuem Leben, das Ufer wich zurück. Es klopfte an meine Kabinentür. »Herein.«

Major Fitzgerald trat ein. Am Abend vorher hatten wir uns kurz in dem Haus westlich von Falmouth gesehen, zu dem Henry mich hatte bringen lassen.

Fitzgeralds Mannschaft sah genau so aus, wie ich sie mir vorgestellt hatte. Harte, zähe junge Leute, fabelhaft in Form – was ich von mir nicht behaupten konnte – und erstaunlich diszipliniert. Als man sie mir vorstellte, prüften sie gerade in der Garage ihre Ausrüstung und die Kanus. Fitzgerald wirkte sehr kompetent.

Mit ausgesuchter Höflichkeit zeigte er mir alles, einer Höflichkeit, die viel schlimmer war als offene Feindseligkeit. Ich wußte, daß die Männer etwas merkten – eine gewisse Spannung zwischen uns, die nicht gut war.

Was irritierte mich eigentlich so – seine Stimme, seine Angewohnheiten? Oder die mustergültig geschnittene Kampfuniform – die Ordensbändchen auf der linken Brustseite? Leute wie ich kriegen keine Orden. Für die fünfeinhalb schwarzen, brutalen Jahre hatte ich nichts vorzuweisen als mein Gesicht und die Pension, die mir Henry verschafft hatte. Vielleicht nichts als Eifersucht, oder ein Gefühl der Unterlegenheit, weil ich von kleinerer Statur war?

Ich wußte es nicht – werde es vielleicht nie wissen. Jedenfalls hatte ich die Leute ihrer Beschäftigung überlassen und war mit Henry in eine ländliche Gastwirtschaft gefahren, wo ich den Offizier auf Urlaub mimte.

Plötzlich wurde mir bewußt, daß Fitzgerald sprach. »Besprechung um neun Uhr abends, Sir. Paßt Ihnen das?«

»Ich denke schon.«

Er zögerte, schien noch etwas sagen zu wollen und verschwand dann. Ich hatte an anderes zu denken. Legte mich in die Koje, verschränkte die Arme unter dem Kopf und starrte zum Bullauge hinauf.

Die Wettervorhersage für den Kanal war recht gut. Windstärke drei bis vier, Nachlassen der Regenschauer gegen Mitternacht. Kein Mond. Bei Flut gab es jedoch an der ganzen atlantischen Küste keine gefährlicheren Stellen als die Gewässer von St. Pierre. Im Schrankraum des ältesten Gasthofs von Charlottestown, beim südlichen Landeplatz, hängt eine Sammlung von Wrackbildern, die ihresgleichen nicht hat. Ich schlummerte ein, wachte dann um halb acht wieder auf. Stand auf, holte aus meiner Reisetasche die Drillichhose, den alten Strickpullover, die weichen Bootsschuhe und die Matrosenjacke hervor, in der mein Vater um Kap Hoorn gesegelt war. Auch seine alte Kappe mit dem geknickten Schirm hatte ich dabei.

Ich zog mich rasch um und sah in den Spiegel. Natürlich hätte ich in Uniform landen können, wie Fitzgerald und seine Leute, denn auf der Insel waren so wenige Zivilisten, daß ich auch als Fischer getarnt nicht durchkommen würde. Aber ich war abergläubisch – wieder der Kelte in mir – und glaubte, daß die Uniform mir bei solchen Vorhaben Pech brächte.

Beim Rückzug aus Dünkirchen hatte ich Uniform getragen und dann erst wieder bei der halbmilitärischen Aktion in den Vogesen, wo ich meine zweite Niederlage erlebte. War kein besonders angenehmes Gefühl gewesen.

Eines fehlte noch: der Ohrring. Mary hatte gemeint, zur Uniform passe er nicht. Jetzt steckte ich ihn wieder an, trotzte damit den bösen Absichten übelwollender Geister.

Schulterhalfter mag ich nicht. Man kann sie nicht schnell genug loswerden, wenn eine Durchsuchung bevorsteht. Meine Pistole mit dem Aufsatz steckte ich daher in die Innentasche der Jacke; ließ das Messer in die rechte Außentasche gleiten, die Gummitaschenlampe in die linke und verließ meine Kabine.

Auf dem Gang begegnete mir ein Schiffsoffizier. Er verzog keine Miene und salutierte korrekt. »Sir! Der Kapitän läßt Sie auf die Brücke bitten!«

Er hielt mir die obere Tür auf. Gischt spritzte mir ins Gesicht, als ich in die Dunkelheit hinaustrat.

Obwohl der Mond nicht schien, sah ich die weißen Wellenkämme zu beiden Seiten des Schiffes schwach aufglänzen. Das Kielwasser glitzerte phosphoreszierend.

Auf der Brücke wandte sich Kapitän Dobson zu mir. Wie körperlos wirkte sein Kopf im Licht des Kartentisches.

»Nett, daß Sie heraufgekommen sind; wir könnten gemeinsam die Karten ansehen. Major Fitzgerald ist auch schon da.«

Fitzgerald trat aus dem Schatten vor. Er trug bereits wasserdichte Kleidung, sein Gesicht war mit Tarncreme dunkel gemacht. Stumm nahm er von meinen Zigaretten.

»Sie sind schon öfter hier gefahren?«

Ich nickte. »Bis vor einem Jahr. Wie steht's mit den feindlichen Störaktionen?«

»Ganz schön aktiv, die Leutchen«, sagte der Kapitän. »Vor allem im Golf von St. Malo, aber auch sonst überall im Kanal. Die Amerikaner haben zwar Brest eingenommen, aber die meisten anderen Häfen in der Bretagne befinden sich noch immer in deutscher Hand, obwohl sie von der Landseite her eingeschlossen sind.«

»Von wo kommen sie meistens?« fragte Fitzgerald.

»Hauptsächlich von Guernsey. Aber sie sind hier überall anzutreffen. Leider meistens dort, wo man sie am wenigsten erwartet.«

»So gut sind die?«

»Verdammt gut sogar«, antwortete der Kapitän heftig. »Und auch verdammt schnell. Fünfunddreißig Knoten, also zehn mehr, als wir machen, und die Leute verstehen ihr Handwerk.«

Wir besprachen die Landung und die veränderten Abholbedingungen. Dann informierte ich ihn noch über einige Besonderheiten des Gebiets. Er zeigte mit dem Finger auf die Felsen nordwestlich der Hafeneinfahrt. »Denen geht man wohl besser aus dem Weg?«

»Das schlimmste Riff an der ganzen Nordatlantikküste. Siebenundzwanzig schwere Havarien in siebenundfünfzig Jahren. Eine Todesfalle.«

»Bös.« Er verzog das Gesicht. »Noch dazu mit dieser Strömung. Beim Wechsel von Ebbe und Flut müssen wir verdammt aufpassen.«

Er entschuldigte sich und ließ uns eine Weile allein. Ich ging nach draußen, lehnte mich an die Reling und starrte in die Dunkelheit. Dachte an Simone. Fitzgerald stellte sich neben mich. »Als ob wir das Meer für uns allein hätten!«

»Bei solchen Aktionen unterläßt die Marine ihre Suche nach Feindbooten. Ich dachte, Sie wüßten es.«

Wozu das? Ausgerechnet, wo er offensichtlich bemüht war, sich mit mir zu verständigen. Jetzt versuchte er's auf die direkte Weise: »Sie mögen wohl keine Amerikaner?«

»Wie kommen Sie darauf? Ihr habt euch zwar ganz schön Zeit gelassen, in den Krieg einzusteigen, aber im Grunde war das nur vernünftig.«

»Na schön, dann mögen Sie eben mich nicht.«

»Logische Schlußfolgerung.«

»Und warum nicht?«

»Weil Sie blaue Augen haben«, sagte ich. »Blaue Augen habe ich nie gemocht.« Plötzlich war ich der ganzen Sache müde. »Warum muß ich Sie unbedingt mögen?«

Vermutlich war das einfach so in seinem wohlhabenden Zuhause. Wurde als selbstverständlich angenommen. Ich rüttelte an seinen Grundfesten. An dem Gebäude, das sein Leben darstellte. Später merkte ich, daß er mehr dem Schein traute als der Wirklichkeit.

Er wandte sich um, ich packte ihn beim Arm. »Mein Gott, lachen Sie denn nie? Ich nehme gern eine amerikanische Zigarette von Ihnen, wenn Sie welche haben.«

Er hatte und gab mir eine. Ich zündete sie im Schutz der geöffneten Jacke an und hielt meine Hand über das glühende Ende, damit es nicht in die Nacht hinaus leuchtete. »Ich möchte es so formulieren, Major. Ich mag niemanden besonders gern. Fünfeinhalb Jahre lang lebe ich jetzt nur dank meines Köpfchens, kämpfe einen Krieg, der mir meine Mitmenschen nicht sehr angenehm gemacht hat.«

»Sie meinen die Nazis?«

»Ich meine alle. Ich will Ihnen mal was über den Krieg sagen. Ich habe in Frankreich in drei verschiedenen Untergrundorganisationen gearbeitet, die mindestens so viel Zeit damit verbracht haben, sich gegenseitig zu schaden wie den Deutschen. Der Krieg ist ein Spiel. Ein gefährliches, aufregendes Spiel, das die meisten Männer sehr genießen.«

»Wenn schon ein Spiel, dann ein Heldenspiel«, entgegnete er. »Anders könnte ich es nicht akzeptieren.«

»Klingt wie so'n kitschiger Text aus einem Hollywood-Film – Großaufnahme: Sterbender Matrose, im Kampf für die Demokratie gefallen.«

»Das verstehe ich nicht.« Er begriff es offenbar wirklich nicht. »Der Professor hat mir von Ihnen erzählt. Was Sie drüben alles getan haben. Daß Sie der Beste von allen sind.«

»Welche alle?« fragte ich. »Die sind im Konzentrationslager oder tot. Die meisten sind tot.«

»Aber Sie nicht. Sie waren länger drüben und haben länger durchgehalten.«

»Und das ist für Sie ein Wertbeweis?« Ich lachte. »Soll ich Ihnen sagen, wie ich durchhielt? Indem ich lernte, geschickt und unauffällig zu töten, eine Reflexhandlung sozusagen, ohne das leiseste Zögern. Dieses Prinzip hat mir viele Male das Leben gerettet.«

»Finde ich ganz in Ordnung.«

»Zweimal erwischte ich aus Versehen Leute aus unseren eigenen Reihen.« Er starrte mich in der Dunkelheit an. Der schwache Lichtschein vom Steuerhaus spiegelte sich matt in seinen Augen. »Durfte nichts riskieren, wissen Sie?«

Gischt sprühte auf, als das Boot eine lange Welle schnitt.

Fitzgerald sagte sehr steif: »Sicher mußten Sie tun, was eben zu tun war.«

»Genau. Und das tat ich auch. Ohne Trompetenschall und fliegende Banner im Schlachtenrauch.«

Er schien mich gar nicht zu hören.

»Acht Tage lang haben Sie mit zweihundert Guerilleros gegen dreitausend Mann von SS-Eliteverbänden durchgehalten.«

»Stimmt. Hat Henry Ihnen auch gesagt, daß Frauen dabei waren? Als alles vorbei war, kauerte ich mich in ein Loch und hielt den Mund, während elf SS-Leute es mit einer von ihnen trieben. Sie lebte noch nachher.«

»Und was taten Sie dann?«

»Ich habe sie erschossen. Wie ich ein sterbendes, vor Schmerz schreiendes Tier erschossen hätte.«

Er ließ mich abrupt stehen. Kein Wunder. Krieg war für ihn ein tolles Abenteuer gewesen. Kleine Vorstöße über den Kanal, Nachtangriffe. Gelegentlicher Nahkampf, ein Schuß im Dunkeln, das Rattern einer Thompson. Zu seinen Gunsten muß ich sagen, daß er mit seinen Leuten mehrmals tatsächlich mit Kanus in vom Feind besetzte Häfen eingedrungen war und dort unbemerkt Minen angebracht hatte.

Fitzgeralds Beitrag zur Landung in der Normandie war sehr wichtig gewesen, sehr gefährlich auch, aber nicht weiter auffällig. Seine Leute hatten drei Nächte vor der Landung Minen weggeräumt. An großen Aktionen hatte er nie teilgenommen. Nie ein von Armeen verwüstetes, kämpfendes Land gesehen, nie dreihundert Kinder in Gefahr. Und doch war er tapfer. Tapfer, leider aber auch ein bißchen beschränkt. Ich ging wieder ins Steuerhaus hinein, der Kapitän kehrte zu uns zurück.

»Jetzt geht's mit Dämpfer weiter.«

Das hieß, daß wir nur noch fünfzig Kilometer von unserem Ziel entfernt waren. Es gab genaue Vorschriften für solche Fahrten. Bei fünfundzwanzig Kilometer Abstand wurden die Hauptmaschinen völlig abgeschaltet und die Hilfsmotoren eingesetzt. Einen Kilometer vor der Küste mußte ich von

Bord und die letzte Strecke im Brandungsboot zurücklegen. Der Kapitän sah auf die Uhr. »Jetzt wäre die Besprechung fällig. Gehen wir hinunter, es ist alles vorbereitet.«

»Grandepierre zerfällt in zwei Aktionsteile«, sagte ich. »Ich habe die Hauptaufgabe, zu landen und so viel wie möglich an Informationen einzuholen. Aufgabe Nummer zwei betrifft Sie, Major: in den Hafen von Charlottestown zu dringen und alle vorhandenen Schiffe mit Minen zu versehen.«

Fitzgeralds Leute drängten sich um den Tisch. Auch ihre Gesichter waren mit Tarncreme bestrichen, so daß ich in ihren Mienen nicht lesen konnte. War ja auch egal. Solche Aufträge hatte ich in den letzten fünf Jahren so oft erledigt, daß eventuelle Folgerungen meine Kalkulationen in keiner Weise beeinträchtigten. Die nackte Tatsache, daß einige dieser Leute, vielleicht sogar alle, schon am nächsten Morgen tot sein konnten, gehörte eben zum Krieg.

Sie wußten genau, worum es ging, kannten jedes Detail der Aktion. Wir sprachen es nur deshalb noch einmal durch, damit sie mit meinen Plänen voll vertraut wurden.

Als ich das Technische beendet hatte, wiederholte ich noch einmal: »Drei Punkte behalten Sie bitte im Auge. Erstens: Mein Auftrag ist wichtiger als der Ihre und muß jederzeit Vorrang behalten.«

Grant funkelte mich bei diesen Worten gefährlich an. Ich fuhr fort: »Zweitens darf auf gar keinen Fall versucht werden, Einrichtungen an Land zu zerstören oder sonst irgendwelche Handlungen zu begehen, die den Feind auf Sie aufmerksam machen!«

Fitzgerald hatte allen Grund, sich über meine zusätzlichen Bemerkungen zu ärgern: diesen Zorn sah ich nur an einer deutlichen Anspannung der Gesichtsmuskeln.

»Drittens und letztens«, schloß ich meine Ermahnungen: »Falls irgend etwas schiefläuft und die Pläne geändert werden müssen, habe ich das Kommando.«

Diesmal war die Erregung der Leute deutlich zu spüren, aber Fitzgerald schritt sofort scharf dagegen ein. »Alles in Ordnung; also, jetzt nichts wie rauf an Deck. Letzte Geräteprüfung.«

Er wandte sich zu mir und fragte ruhig: »Möchten Sie die Sachen inspizieren?«

Ich nickte. »Ja, ich komme in zehn Minuten nach.«

Er salutierte und zog sich zurück. Der Kapitän blickte mich etwas besorgt an; ich grinste ihm zu. »Schwierige Sache, was? Keine Bange. Und jetzt wäre ich fällig für einen riesengroßen Whisky. Ehe ich die Jungens oben noch mal kontrolliere.«

Komisch, wenn ich wollte, spielte ich meine Rolle als Colonel fabelhaft.

Es ging sehr appellmäßig zu. Alle standen stramm bei ihren Kanus, voll beladen mit den Gerätschaften, die sie fast zu Boden zogen. Harte, zähe, geschickte Kämpfer. Wie ich sie da so vor mir hatte, konnte ich mir keine bessere Gruppe vorstellen.

Alle trugen wasserdichte Sachen und die üblichen Strickmützen. Jeder hatte eine Thompson, Granaten, ein Kampfmesser und noch verschiedene Geräte inklusive eines Reparaturzeugs für die Kanus. Offenbar schien jemand in der Abteilung für Amphibienkrieg über besonders makabren Humor zu verfügen. Die Minen waren in unterteilten Leinentaschen verstaut, je eine Tasche pro Kanu.

»Bin ich froh, daß die auf unserer Seite stehen«, sagte ich zu Fitzgerald.

Meine Bemerkung freute ihn offensichtlich, und ebenso offensichtlich wollte er es nicht zeigen. Er dankte nur kurz.

»Ihre Leute wissen Bescheid über die Einzelheiten des deutschen Kommandobefehls?«

»Voll und ganz.«

»Na schön.« Ich wandte mich zu den Männern. »Ihr seid euch also klar, daß jeden, den sie erwischen, eine Kugel in den Hinterkopf erwartet?«

Der Kapitän begleitete mich hinaus. »Verdammt zähe Burschen«, meinte er. »Vor der Invasion habe ich auch so eine

Gruppe gefahren. So was von Nerven gibt's nicht noch mal.«

»Einen Fehler haben diese Leute«, sagte ich. »Sie wissen nie, wann sie aufgeben sollen, gehen also meistens zu weit. Das hat manchmal fatale Folgen.«

Ich muß eine Vorahnung gehabt haben, von der die Wissenschaftler behaupten, daß es sie nicht gibt. Aber ich wußte einfach, daß etwas schiefgehen würde. Wieder mein keltisches Erbe vermutlich. Wußte es so genau, als wäre es schon passiert. Damals auf der Kommandobrücke des kleinen Schiffes.

Der Kapitän war nach unten gegangen und kehrte mit einem Emailbecher voll Tee zurück. Fitzgerald kam auch herauf.

Herrlich warm machte der starke Rum. Es regnete jetzt stärker. Der Kapitän holte tief Atem. »So gefällt's mir. Das ist das Richtige für mich.«

»Was haben Sie vor dem Krieg gemacht?«

»Buchhaltung.«

Plötzlich war er mir viel sympathischer. »Gehen Sie wieder ins Büro zurück?«

»Ich bin doch nicht blöd!« sagte er energisch. »Werde sofort auf einem Schiff anheuern.« Er lachte leise. »Aber noch habe ich den Krieg ja nicht überlebt, oder?«

»Allzuviel kann jetzt nicht mehr passieren«, meinte Fitzgerald.

»Im Krieg sterben die Leute meistens, wenn sie in eine mißliche Lage kommen und nichts dagegen tun können«, zitierte ich. Fitzgerald wandte sich zu mir. Ich sah sein Gesicht ganz verschwommen. »›Über die Kriegskunst‹, von einem chinesischen Militär namens Wu-Chi. Sehr empfehlenswert, Major. Er hat bereits im Jahre vierhundert vor Christus alles über das Thema gesagt, was es darüber zu sagen gibt.«

»Tut mir leid, aber ich bin da anderer Meinung«, entgegnete er höflich. »Ein Soldat stirbt nicht an widrigen Umständen allein, sondern an seiner Unfähigkeit, mit diesen

Umständen fertig zu werden.«

Auf der Tafel im Vortragsraum der Kadettenschule, oder wo immer er seine Offiziersausbildung erhalten hatte, machte sich das sicher sehr gut. Ich hätte ihm noch mit ein paar anderen Wu-Chi-Zitaten dienen können, aber es war wohl ziemlich sinnlos.

Als der Kapitän das Schiff stoppen ließ, war nichts von der Insel zu sehen; genauso sollte es auch sein. Erstaunlich ruhig fühlte ich mich, als sie das Brandungsboot zu Wasser ließen. Zwei erfahrene Matrosen brachten mich hinüber. Der Kapitän hatte sich noch herzlich von mir verabschiedet und ganz formell salutiert. Fitzgerald lehnte neben ihm an der Reling, er wünschte mir Glück für meinen Weg.

Unten im Boot verließ mich meine grundlose Heiterkeit. Irgendwas war faul an der Sache, faul am Major oder an uns beiden. Unsere Beziehung zueinander hatte von Anfang an nicht gestimmt. Sein Verhalten bei unserer ersten Begegnung und meine Reaktion darauf. Und dabei war es geblieben. Ja, jetzt ließ sich nichts mehr daran ändern.

Nachtlandungen an der feindlichen Küste sind seit jeher problematisch. Jeder leicht erreichbare Strand ist schwer vermint, die übrigen sind aus anderen Gründen gefährlich. Brandungsboote sind aber so gebaut, daß sie mit geschulter Mannschaft die meisten Gefahren vermeiden. Man kann sich in fast allen Lagen auf sie verlassen. Außerdem waren sie mit einer Farbe gestrichen, die sie sogar auf kürzeste Entfernung fast unsichtbar machte.

Lange bevor wir die Brandung sehen konnten, hörten wir bereits ihr Rauschen. Weder die Klippen noch andere Details der Küste waren zu erkennen. Ich blickte auf den Kompaß und klopfte dem Steuermann auf die Schulter.

»Jetzt geradeaus weiter: Ich hoffe, daß ich mich noch an alles erinnern kann.«

Als ob ein Schleier sich gelüftet hätte, sahen wir plötzlich die Gischt gegen die Klippen sprühen. Waren mitten in der Strömung; die Wellen schlugen dumpf gegen den Bootsrumpf. Einzelne Felsen ragten aus dem weiß schäumenden Wasser.

Wir schlängelten uns zwischen ihnen hindurch, oft nur wenige Meter davon entfernt.

Von jetzt an konnte ich nur noch nach Gehör gehen. Lange war es her, viel zu lange, aber es gibt Dinge, die man eben nie vergißt, die einem gehören wie das Leben selbst.

Ein hohles Dröhnen kam näher; es stammte von dem Loch am Fuß der Teufelstreppe. Wieder klopfte ich dem Mann auf die Schulter, gab ihm Anweisungen. Wir landeten direkt im Loch. Mußten uns bei der Einfahrt bücken. Die zwei Matrosen hielten das Boot, ich knipste meine Taschenlampe an und stand auf.

Es stank nach feuchtem Eisen und Vogelmist. Die Kante, nach der ich suchte, war gerade in Greifhöhe. Der Steuermann hielt mir die Lampe, bis ich mich hinaufgezogen hatte, reichte sie mir dann nach, sowie das eng zusammengepackte Einmann-Schlauchboot – für den Fall, daß mit dem Brandungsboot was schiefging. Er lächelte zu mir empor. »Machen Sie's gut, Sir. Wir sind rechtzeitig wieder da.«

Leises Kratzen der Bootsplanken, ein paar klatschende Schläge der Ruder, dann waren sie verschwunden. Ich war allein. Und doch nicht allein. Nach fünf Jahren zum erstenmal wieder zu Hause.

6

Weit über der höchsten Wassermarke fand ich eine passende Spalte, stopfte das Schlauchboot hinein und sah mich dann um. Der zerklüftete Hohlraum über mir bog sich fünfzehn Meter höher, erst nach rechts, dann nach links, und so ging es weiter im Zickzack, gut hundert Meter hinauf bis zum Ausstiegsloch in einer Nische am Klippenrand.

Als Vierzehnjähriger hatte ich diese »Treppe« zum erstenmal durchklettert. Eine Art Ritual auf unserer Insel, mit dem man seinen Mut beweisen sollte. Ich erinnerte mich gut daran. Zweimal hatte ich es noch wiederholt. Einmal, um Simone zu beeindrucken – der Grund für vieles in jenen Tagen –, und das letztemal, um mir selbst etwas zu beweisen.

Nur daß ich es diesmal größtenteils im Dunkeln bewältigen mußte; aber dagegen war nichts zu machen. Ich leuchtete die Strecke über mir kurz mit der Taschenlampe ab, versuchte, mir alles einzuprägen, steckte die Lampe wieder ein und fing zu klettern an.

Und dann war's nicht so schlimm. Es gab genug Halt für Hände und Füße, und daß ich nicht nach unten sehen konnte, war eher angenehm.

Etwa eine Viertelstunde lang stieg ich, ohne anzuhalten, im Schacht hoch. Das hohle Brausen der Brandung verebbte, ich war ganz allein. Und größtenteils war es mir so leicht erschienen, daß ich es gar nicht glauben konnte, wenn ich an meine Ängste damals als Junge dachte. Entweder war's nie so problematisch gewesen, wie ich's in Erinnerung hatte, oder ich hatte eine Menge dazugelernt.

Die letzten zwanzig Meter machten mir am meisten Schwierigkeiten. Hier wurde der Schacht fast senkrecht, und an manchen Stellen ging es nur mit Kaminkletterei weiter.

Ich spürte jetzt schon die kalte Luft von oben, Regen sprühte mir ins Gesicht. Ich sah einen hellen Fleck am Himmel, ein Stern funkelte. Ich holte kurz Atem und durchkletterte dann die letzten Meter langsam und vorsichtig, Zoll für Zoll. Endlich ertasteten meine Finger den Rand des Ausstiegslochs; ich zog mich hoch.

Kauerte auf einem schmalen Band und atmete erst einmal tief aus und ein. Kam mir vor wie in einem riesigen Raum, eine Leere, in die man kopfüber stürzen und endlos fallen konnte. Die Brandung unten war von hier nichts als ein verschmierter weißer Fleck. Zwischen den Wolken glitzerten Sterne.

Jetzt befand ich mich auf gefährlichem Boden, mußte mit dem Schlimmsten rechnen. Ich nahm die Mauser aus der Tasche und befestigte sie in einer Federhalterung hinten am Gürtel. Dann kletterte ich die restliche Felswand hinauf. Blieb oben am Rand sitzen, grub die Hände ins nasse Gras, sog seinen erinnerungsträchtigen Duft ein. Nostalgisches

Vergnügen. Gerüche beinhalten ja mehr Erinnerung als alles andere.

Ich stand auf, starrte in die Dunkelheit, machte einen Schritt und fiel der Länge nach über Stacheldraht. Alarmkanister klapperten links und rechts von mir.

Mein erster Gedanke: Joe St. Martin hatte mich reingelegt. Oder dieser Draht war in den letzten drei Wochen gezogen worden. Kaum wahrscheinlich. Nach seinen letzten Worten war eher anzunehmen, daß er mich absichtlich in den Tod schicken wollte.

Die schwere Jacke schützte meine Haut, aber ich hing fest am Draht. Während ich mich Stück für Stück zu befreien versuchte, hörte ich eine Tür klappern, sah ein Licht aufblitzen. Die Tür flog wieder zu.

Deutsche Stimmen erklangen. Jetzt saß ich drin. »Wer ist da? Halt! Stehenbleiben!«

Ich kam endlich los vom Draht, die Kanister klapperten nochmals; versuchte, zum Klippenrand zurückzukriechen. Zu spät. Der Strahl einer Taschenlampe erfaßte mich. Ich hob schnell die Hände, ehe vielleicht jemand eine Maschinenpistole rattern ließ.

»Nein – nicht schießen! Bin ein Fischer! Ein einfacher Fischer!« Es fiel mir nicht schwer, erschrocken zu klingen. Mein Französisch war stark bretonisch gefärbt.

Der Lichtstrahl blieb auf meinem Gesicht, die Antwort kam mit Worten anstatt mit Kugeln. In gebrochenem Französisch forderte man mich auf, meine Identität nachzuweisen. Ich sei ein Fischer aus Prente du Châteaux an der Küste der Bretagne. Mein Bootsmotor sei kaputt, ich hätte hilflos sechs Stunden auf dem Meer getrieben, und das Boot sei an den Felsklippen unten zerschellt.

Es muß wohl überzeugend genug geklungen haben, und gekleidet war ich ja entsprechend meiner Erzählung. Sie besprachen sich auf deutsch; offensichtlich zwei gewöhnliche Wachsoldaten. Am meisten irritierte sie wohl, daß ich die Klippen heraufgekommen sein mußte, denn wie kam ich sonst auf die andere Seite des Drahtes?

Ich senkte langsam die Arme und wurde scharf ermahnt, sie obenzuhalten. Der Lichtstrahl blieb weiterhin auf meinem Gesicht. Metallisches Geräusch erklang, der Draht wurde teilweise zurückgerollt. Einer der beiden fluchte in schönstem Sächsisch, er hatte sich am Draht gerissen. Stand gleich darauf neben mir.

Ich hätte sofort mit ihm fertig werden können – es gab mehrere Möglichkeiten dazu. Aber der andere Mann war ja auch noch da, und so ließ ich mich geduldig nach Waffen abtasten.

Er fand nichts, denn das Messer war in meiner Hand verborgen, die ich so brav über dem Kopf hielt. Und die Mauser hätte sogar ein Experte übersehen können in ihrem Versteck unter meinem Rücken. Außerdem erwartete der Mann gar nicht, etwas zu finden – etwas Wichtiges.

Er nahm seine Taschenlampe heraus, drückte auf den Knopf und beleuchtete den Pfad zwischen den Drähten. Ich ging gehorsam voran. Von seinem Kameraden konnte ich im Vorbeigehen nicht viel erkennen. War durch das Licht noch zu sehr geblendet. Jedenfalls schien der zweite den Befehl zu haben.

»Nein, Karl, tu den Draht später zurück. Jetzt wollen wir ihn erst mal drinnen ansehen.«

Keine zehn Schritte weit ging es die Treppe zu einem betonierten Beobachtungsposten hinunter, wie man sie zu Tausenden an der Atlantikküste fand. Jetzt war alles klar. St. Martin mußte es gewußt haben. Dieser Posten bestand bestimmt schon seit Jahren.

In schlechtem Französisch befahlen sie mir, die Tür zu öffnen. Ich tat es und kam über drei Stufen in den erleuchteten Bunker. Unten war niemand, eine zweite Tür entdeckte ich auch nicht. Ich wandte mich um und betrachtete meine Fänger.

Der eine war von der Artillerie, hatte schon graue Haare, trug eine Brille mit Metallfassung. Der zweite sah ganz anders aus: harter, verbitterter Blick, eine alte Schußnarbe in der Backe. Er hängte seine Maschinenpistole auf einen Haken bei der Tür, nahm eine Zigarette heraus und betrachtete mich neugierig.

Der mit der Brille hatte meine Taschenlampe in der einen Hand, das Gewehr in der anderen. Stieß mir das Gewehr in den Bauch und grinste: »Hände hoch! Los – rauf damit!«

Ein Großteil des Trainings meiner Dienstkategorie ist dem lautlosen Töten gewidmet. Der Chef-Ausbilder in diesem Fach hat ganz schön was los. Am Ende seines Kurses hatte ich keinerlei Angst mehr vor körperlichem Nahkampf – eine Angst, die ja von der Furcht herrührt, geschlagen oder verletzt zu werden. Ich zögerte nie mehr, es mit Gegnern aufzunehmen, obwohl ich klein gewachsen war. Doch – eine Angst blieb oder entstand vielmehr durch den Kurs: in einen Streit verwickelt zu werden, bei dem man jemanden aus reinem Reflex tötete.

Aus diesem Grund habe ich meistens Bars verlassen, wenn die Luft dick zu werden begann, habe mich von Betrunkenen in der U-Bahn anpöbeln lassen. Das völlige Selbstvertrauen, das Gefühl absoluter Übermacht erleichtert es einem allerdings auch, einfach wegzugehen.

Und jetzt stand ich vor diesen beiden und wußte, daß ich sie in dieser Nacht töten würde. Töten mußte.

Der mit der Brille lächelte immer noch und stupste mich wieder. Ich hob langsam die Hände, löste die Klinge des Messers in der geschlossenen Hand – ein alter Einzelkämpfertrick – und stieß es ihm mit der Schneide vom Kinn durch die Mundhöhle bis zum Gehirn. Er war sofort tot. Als er zur Seite fiel, packte der zweite fluchend seine Maschinenpistole. Ich hatte meine Mauser mit dem Dämpfer bereits in der Linken und schoß ihm direkt ins Herz.

Etwa zehn Sekunden später läutete das Feldtelefon. Nicht zu antworten wäre gefährlich gewesen. Ich nahm den Hörer ab, legte eine Hand leicht über die Sprechmembrane und meldete mich auf deutsch mit einem undeutlichen: »Hallo?«

Am anderen Ende der offensichtlich sehr schlechten Leitung knackte es, eine Stimme krächzte: »Müller, sind Sie's? Hier Weber. Alles in Ordnung?«

»Ja, danke«, sagte ich.

»Schön, bis morgen früh dann.«

Ich legte den Hörer wieder auf und machte mich an die Arbeit. Nahm mein Messer, reinigte es und steckte es mit der Taschenlampe ein. Wandte mich dann den beiden Leichen zu. Sie hatten nicht stark geblutet. Zuerst lud ich mir den mit der Brille über die Schultern, brachte ihn dann nach draußen, warf ihn über die Klippen. Mit dem zweiten machte ich es genauso. Dann brachte ich den Draht wieder so in Ordnung, daß man den Durchgang nicht erkannte, und ging in den Bunker zurück. Auf dem Fußboden war eine kleine Blutlache. Ich holte mir einen feuchten Lappen aus der Toilette und wischte den Boden auf. Nach dem Telefongespräch zu urteilen, blieb dieser Posten bis zum Morgen unbehelligt, aber sicher war es natürlich nicht. Kam jemand unvermutet zwischendurch her, so nahm er wohl an, daß die Wachen auf Rundgang seien. Fand man dabei aber Blut, so war bestimmt die ganze Insel binnen weniger Minuten in Aufruhr.

Unter dem Vordach lehnte ein Fahrrad an der Wand. Das brachte mich auf eine Idee. Ich mußte jetzt Zeit gewinnen. Jede Minute, die ich einsparen konnte, zählte. Die Mäntel der beiden Wachen hingen hinter der Tür. Ich nahm einen vom Haken, stopfte meine Fischerkappe in die große Seitentasche und probierte einen der Stahlhelme auf, die auf dem Tisch lagen. Er war mir um einige Nummern zu groß. Um so besser. Sekunden später fuhr ich schon landeinwärts.

Der Pfad brachte mich zu einem Fahrweg, der zum Fort Marie Louise führte. Und von diesem Fahrweg kam ich nach Charlottestown oder Granville. Die Seigneurie war in Richtung Granville. Ein deutscher Soldat konnte mit dem Fahrrad natürlich viel schneller dorthin gelangen als Owen Morgan zu Fuß durch die Felder. Durch Felder, die vielleicht mehr Überraschungen boten, als Joe St. Martin angedeutet hatte.

Nach kurzer Zeit hatte ich plötzlich ein ganz anderes Fahrgefühl. Ich schaltete die überdeckte Fahrradleuchte ein und sah sofort, was los war. Der alte Karrenweg war geteert worden. Wie ich später entdeckte, hatten die Deutschen fast alle

Wege und Straßen der Insel geteert. Um so besser für mich.

Zur Seigneurie waren es ungefähr zwei Kilometer. Erst bei der Abzweigung nach Granville begegnete ich einem Lkw mit abgeblendeten Scheinwerfern. Konnte mich nicht mehr rechtzeitig in die Büsche schlagen und fuhr einfach langsam mit gesenktem Kopf weiter. Für einen Moment hatte ich den Eindruck, daß der Fahrer mir zuwinkte, ehe er nach Granville einbog.

Mir war ganz schön mulmig geworden. Nicht wegen des Lkws. Nur noch wenige hundert Meter zu Simone! Was würde sie sagen? Wie würde sie reagieren? Ob sie mich überhaupt erkannte? Wahrscheinlich nicht.

Und dann sah ich die Seigneurie vor mir in der Senke, inmitten des Buchenwäldchens. Der Hof war schwach erleuchtet; irgendwas stimmte dort nicht. Drei Patrouillenwagen bemerkte ich von weitem, außerdem eine Limousine, und an der überdachten Freitreppe stand eine Wache. Von der Stange über dem Mann flatterte die Hakenkreuzfahne. Dieser Joe! Mit dem hatte ich abzurechnen. Ich fuhr mit dem Rad einfach am Eingang vorbei, folgte der Straße nach Granville. Sah bald schon den Ort in der Dunkelheit unter mir liegen, keine fünfzehn Häuser rund um die alte Rettungsstation. Granville, wo – laut Joe St. Martin – Ezra Scully allein lebte. War auch das eine Lüge gewesen? Das mußte ich selbst herausfinden – hatte jetzt keine andere Wahl. Beim ersten Haus stieg ich ab, versteckte das Rad unter einer Hecke.

Unheimlich still war es hier. Eine Totenstadt. Nichts Lebendiges rührte sich. Weit draußen leises Meeresrauschen.

Ezras Hütte lag hinter dem Bootshaus. Ich steuerte vorsichtig darauf zu. Ob er seine Meinung geändert hatte? Kaum, höchstens unter Zwang. Und dann blieb ich stehen, denn ich hörte gedämpftes Lachen hinter einem Fenster, an dessen Rand ein Lichtstrahl hervorkam. Kauerte mich dann vor die Fenster neben der Eingangstür und blinzelte durch

einen Spalt in den Vorhängen hinein. Ezra saß in Hemdsärmeln am Tischende, ich konnte ihn von vorn voll sehen. Er
wirkte unverändert. Das zerfurchte Gesicht, der riesige rote
Bart, die glänzende Schädelplatte unter der nackten Decken-
birne. Elektrizität in Granville? Wohl auch von den Deutschen eingeführt.

Seine drei Besucher waren deutsche Soldaten. Auch hemds-
ärmlig. Auf dem Fußboden stand eine Bierkiste, sie spielten
Karten – Whist, wie ich meinen Ezra kannte. Ich stand auf
und entfernte mich ein paar Schritte. Hätte sie alle drei erledigen können, wie sie da saßen, aber das ging nicht, wegen
Ezra. Einen Augenblick später lachten sie drinnen laut auf,
ein Stuhl schurrte über den Boden, jemand öffnete die Tür.
Es war einer der Deutschen. Ich drückte mich in den Schatten, stand plötzlich mit dem Rücken gegen die Hinterwand
des Bootshauses. Fühlte eine Tür hinter mir. Drückte die
Klinke herunter, öffnete leise, ging hinein. Machte hinter
mir zu. Auch die Tür von Ezras Haus wurde geschlossen. Die
Stimmen erstarben. Ich wartete einen Augenblick lang und
nahm dann meine Taschenlampe heraus.

Und meinte, meinen Augen nicht trauen zu können. Trat in
der Dunkelheit näher, strich mit der Hand über den Rand des
Bootes. Das Rettungsboot, fünfzehn Tonnen schwer, für
eine Mannschaft von acht Mann und mit Platz für fünfzig
Schiffbrüchige. Zwei Fünfunddreißig-PS-Motoren, Zwil-
lingsschraube.

Die Jahre fielen von mir ab, ich sah die riesigen, meterhohen
grünen Wasservorhänge hineinrollen, die uns zu erschlagen
schienen. Spürte mich nach hinten fallen, gegen die Beine
des Steuermanns. Er schrie, der tosende Wind verschluckte
seine Stimme, die Augen funkelten unter dem gelben Südwester, das Salzwasser strömte ihm durch den Bart. Ezra
Scully, Bootsführer des Rettungsbootes von St. Pierre, einer
der größten seiner Zunft.

Er stieß mich in die Rippen, zwang mich hoch, ich griff nach
der Rettungsleine. War gerade neunzehn, auf Ferien nach
meinem ersten Jahr an der Universität. Hätte in diesem Au-

genblick nirgendwo anders sein mögen.

Als ich wieder hochkam, stand das Boot gerade auf dem Bug einer riesigen Welle. Weit unter uns sah ich durch den Regen den Lastkahn, dem wir zu Hilfe eilten. Er schwankte hilflos von einer Seite zur anderen.

Ich wischte mir mit der Hand das Salzwasser aus den Augen und fand mich plötzlich in der Stille und Dunkelheit neben der »Owen Morgan« wieder.

7

Nicht alle Rettungsleute sind auch Fischer. In Northumberland gibt es beispielsweise Bergleute in den Mannschaften. In Wales Farmer. Daß mein Vater sich als einziger Künstler diesem Beruf widmete, könnte ich nicht beschwören, aber es dürfte stimmen. Allerdings war er für ein Leben auf See erzogen worden und hatte viele Jahre als Fischer gearbeitet.

Er war auf der »Cecily Jackson« ums Leben gekommen. Ein kleiner Kahn, keine zwölf Meter lang, wie die meisten Rettungsboote. Die »Cecily Jackson« kam unter allen Umständen immer wieder hoch, angeblich sogar mit einem Loch im Boden. Dafür gab es allerdings keine Garantie.

Im Frühjahr 1932, als es passierte, war ich gerade vierzehn. Ein norwegisches Schiff war in den frühen Morgenstunden auf Fels gelaufen, die »Cecily Jackson« startete kurz vor Sonnenaufgang.

Alle Inselbewohner standen auf Fort Edward und sahen zu den Felsen hinaus. Einen Kilometer vor der Küste ragten sie aus dem Wasser, eine der größten Gefahren für Schiffe in dieser Gegend. Das Wetter wurde von Minute zu Minute schlechter. Ich kann mich noch genau an den Rettungsbericht erinnern. Sechs engzeilig betippte Seiten. Jedes Wort hatte sich in mein Gehirn eingebrannt. Die Sache war aber auch kurz erzählt eindringlich genug: Die »Viking« schurrte sich am gefährlichsten Riff der Kanalinseln in schärfstem Sturm zu Tode. Nur durch ein Wunder konnte es gelingen, nahe genug heranzukommen, daß die achtzehn Leute an Bord des Rettungsbootes springen konnten. Bei den Gegenströmungen und Wirbeln da draußen nützte auch ein Seil nichts; es wäre in Sekunden zerrissen.

Aber wir hatten ein Genie – unseren Ezra. Er fuhr mit seinem Boot einfach in die »Viking« hinein, nur einen viertel Meter tief. Fünf lebenswichtige Sekunden lang drosselte er die Maschinen so, daß er auf der Stelle blieb, wie angenagelt, während zwei sprangen. Wiederholte die Vorführung wieder und wieder, kam einmal in eine Gegenströmung und beschädigte dabei den Bug der »Cecily Jackson«.

Schließlich war nur noch ein Mann oben, ein verängstigter Mensch, der sich auf halber Höhe an die Strickleiter klammerte. Beim letzten Anlauf griff mein Vater nach ihm. Der Kerl ließ nicht los; mein Vater auch nicht, das war nicht seine Art. Und als die »Cecily Jackson« zurückstieß, ging er über Bord. Er hielt sich an dem Matrosen fest, und beide stürzten ins Meer. Der gefürchtete Mühlbach Le Coursier packte das Rettungsboot, schob es mit aller Kraft gegen die »Viking« – dreimal – und quetschte alles Leben aus Owen Morgan.

Auf dem Rückweg nach Charlottestown passierte noch ein Unglück. Der Bug des Bootes war stark beschädigt, drei der sechs wasserdichten Kammern nahmen Wasser. Es reichte gerade noch bis zum Hafen, dann tobte eine entsetzliche Woge vom Kanal herein und warf das Boot um; es stellte sich wieder auf und krachte gegen die Granitmauer des alten Wellenbrechers.

Acht Leute starben noch an jenem kalten Morgen, die übrigen, einschließlich unseres Ezra, wurden von der Menschenkette gerettet, die sich über die Felsen hinwand und sie aus der Brandung, dem brodelnden Wasser, herauszog.

So starb mein Vater – und meine Mutter mit ihm, wenn sie auch noch sieben Jahre mit ihren Füßen die Erde berührte.

Ezra erhielt eine goldene Rettungsmedaille; es wurde eine Sammlung veranstaltet, und man baute von dem Geld ein neues Bootshaus in Granville und ein neues Rettungsboot dazu: die »Owen Morgan«.

Meine Erinnerungen an den grauenhaften Morgen waren so intensiv, so schmerzhaft, daß ich für einen Augenblick meine gegenwärtige Situation ganz vergaß. Erst das Klicken eines Schlüssels brachte mich in die Wirklichkeit zurück. Ich hatte keine Schritte kommen gehört, so sehr war ich in meine Gedanken verstrickt gewesen. Schon öffnete sich die Tür. Ich konnte nicht mehr weglaufen, aber als das Licht eingeschaltet wurde, hatte ich meine Mauser bereits parat. Ezra starrte mich verwirrt an. In einer Hand baumelte ihm die Kiste mit den leeren Bierflaschen.

Während der vergangenen fünf Jahre hatte er offensichtlich recht gut Deutsch gelernt. »Wer sind Sie?« herrschte er mich an. »Was machen Sie hier?«

Ich nahm meinen Stahlhelm ab. »Hallo, Onkel Ezra«, antwortete ich leise. So hatte ich ihn als Junge immer angeredet, obwohl unsere Verwandtschaft nur um mehrere Ecken bestand.

Nach dem Tod meines Vaters war er mir wie ein Vater gewesen, hatte mich fast so gern gehabt wie meine Mutter, wohl seine einzige große Liebe überhaupt.

Jetzt flüsterte auch er. »Owen?« Er setzte den Kasten ab. »Bist du's wirklich, Junge?«

»Voll und ganz, Ezra.«

Er kam näher, berührte zart mein Gesicht. Sah mich verwundert an. »Um Gottes willen, mein Junge, was haben sie mit dir gemacht?«

»Der Krieg, Ezra – der Krieg.«

Er nickte bedächtig, umarmte mich kurz und verlegen wie ein tapsiger Bär, hielt mich dann von sich weg, funkelte mich an. Die Augen waren ihm feucht. »Und was gibt's diesmal? Andere Sache als damals, 1940, was?«

»Du weißt davon?«

»Am nächsten Tag – Simone hat's mir gesagt.« Er schüttelte den Kopf. »Owen Morgans Sohn beim Heer. Eine Schande! Was paßte dir nicht bei der Marine?«

»Das hat verschiedene Gründe. Ich erzähl dir's später einmal. Wo ist Simone?«

»Lebt jetzt allein in dem Häuschen in La Falaise. Die Deutschen benützen das Gutshaus als Feldlazarett. Der alte Riley führt es.«

Der letzte Nagel für St. Martins Sarg. Aber ich hatte jetzt keine Zeit für ihn, nicht einmal in Gedanken. »Jetzt hör einmal genau zu, Ezra«, sagte ich. »Ich hab' nämlich nicht viel Zeit. Was weißt du über die ›Nigger‹-Sache?«

»Also deshalb bist du hier? Woher weißt du davon?«

Ich berichtete ihm über St. Martin.

»Schade«, sagte er und füllte sich die Pfeife aus seinem alten ledernen Beutel. »Ich hatte gehofft, er wäre längst unten bei den Fischen gelandet. Du vergeudest deine Zeit. Hier findest du nichts. Das ganze ›Nigger‹-Projekt ist flachgefallen. Keine Torpedos mehr. Außerdem sind die meisten Jungens schon draufgegangen. Über die letzten deutschen U-Boot-Stützpunkte in der Bretagne ist Blockade verhängt. Nachschub kommt kaum noch durch.«

»Du bist offenbar bestens informiert.«

»Wir hören jede Nacht BBC«, sagte er. »Einer der Männer, die bei mir einquartiert sind, hat ein Radio.« Er zögerte. »Mach bitte keinen Stunk hier, Owen. Es sind feine Jungens. Gute Freunde, Pioniere.«

»Geht in Ordnung«, beruhigte ich ihn. »Solange sie mir nicht in den Weg treten.«

»Du haßt sie also nicht?«

»Die Deutschen?« Ich schüttelte den Kopf. »In den letzten fünf Jahren bin ich einer ganzen Anzahl ziemlich scheußlicher Typen begegnet, unter den Deutschen, Franzosen und Engländern. Menschen sind sie alle: gut, schlecht oder mittelprächtig.«

Er nickte wieder bedächtig. »Daß du mich richtig verstehst: Es wäre sehr schlimm für mich, wenn ausgerechnet du diesen Burschen etwas tätest.« Er schüttelte den Kopf. »Ich weiß ja nicht, was du alles durchgestanden hast, aber du siehst aus, als ob du zu allem imstande wärst. Was haben sie nur aus dir gemacht?«

»Schwer in Worte zu fassen, Ezra«, sagte ich. »Ich bin Colonel, wenn dir das was sagt.«

Seine Augen weiteten sich. »Ein bißchen jung dafür, was? Da gibt's nur zwei Erklärungen. Entweder haben sie so wenig gute Leute drüben, was ich nicht glaube, oder du bist ein unglaubliches As. Was tust du jetzt?«

»Ich möchte gern Simone sehen, wenn es möglich ist. Dann geht's wieder los. Aber nicht auf lange. Dieser Krieg ist ja bald zu Ende.« Ich klopfte auf den Schiffsrumpf neben mir. »Hab' den Schock meines Lebens gekriegt, als ich das Boot hier sah. Wird es noch verwendet?«

»Seit Juli 1940, als die Deutschen kamen, war sie nicht mehr draußen. Ist aber tadellos in Schuß. Der Motor läuft ganz rund. Ich probier's jede Woche aus. Die Betonpiste ins Wasser ist kaputt – Bombenschaden. Vor fünf Jahren war ein deutscher Marineoffizier hier, hat sich's angeschaut und wollte es mitnehmen. Aber dann kam's ihm zu mühsam vor. Außerdem ist die Bucht voller Minen.«

»Noch eins. Kennst du Steiner?«

»Manfred Steiner?« Er nickte. »Natürlich. Den kennt doch jeder.« Er runzelte die Stirn. »Moment mal, woher weißt denn du . . .«

»Joe St. Martin. Angeblich ist Steiner der wichtigste Mann bei dem ›Nigger‹-Projekt. Was ist das für ein Bursche?«

»Tja, schwer zu sagen. Jedenfalls ganz anders als alle andern, die ich kenne. Von der Division Brandenburg – offenbar eine ganz besondere Sorte von Männern. Hat sämtliche Orden, die man sich nur vorstellen kann, und malt wie ein Engel. Fast so gut wie dein Vater.«

»St. Martin hatte offenbar den Eindruck, daß er mit Simone befreundet wäre.«

Er wußte genau, was ich dachte, und machte keinen Versuch, die Sache zu leugnen. Sagte ganz ernst: »Befreundet, und mehr als das, würde ich sagen. Der Krieg dauert schon lange, Junge, und sie ist jung, in ihren besten Jahren. Soll sie vertrocknen?«

Er hatte recht, wie immer, und irgendwie tröstete mich das. »Na schön, Ezra, wie du meinst.«

Die Tür des Hauses wurde geöffnet, eine andere zugeschlagen. »Ezra? Wo bleibst du denn mit dem Bier?«

»Ich geh' lieber.« Er zog eine Kiste unter der alten Werkbank hervor. »Die dürfen hier nicht reinkommen. Ich trau dir nicht, Owen, du hast dich zu sehr verändert.«

»Einen Augenblick noch«, sagte ich. »Besteig morgen nichts, was im Hafen liegt. Es wird nicht lange dauern.«

Sein Gesicht wurde ganz grau. Bitter meinte er: »So ist das also? Ich soll meine Freunde sterben lassen, was?« Er schaltete das Licht aus, ging hinaus und warf die Tür hinter sich zu. Ich blieb allein in der Dunkelheit und fühlte, daß ich diese Arbeit reichlich satt hatte.

Ich holte das Rad aus dem Versteck und fuhr den gleichen Weg zurück. La Falaise war der Name eines kleinen Tales an der Südwestspitze der Insel. Ganz nahe an meiner Landestelle. Ein pensionierter Offizier der indischen Armee hatte das Häuschen vor dem Krieg gemietet, war aber mit den Inselbewohnern evakuiert worden, die vor der deutschen Besetzung wegwollten. Ganz zufällig war ich ihm 1943 in einem Londoner Park begegnet, und wir hatten uns dann in einem Lokal unterhalten.

Das Haus lag südlich der Straße zum Fort Marie Louise. Es war das einzige in diesem Gebiet ganz in der Nähe der Ruinen eines Dorfes aus der Bronzezeit. Ein tiefgefurchter Karrenweg führte dorthin.

Häuschen war eigentlich nicht die richtige Bezeichnung. Das ursprüngliche Gebäude stammte aus der Georgianischen Zeit, der Mitte des neunzehnten Jahrhunderts. Als man die Forts errichtet hatte, war es dazugebaut worden. Ich erinnerte mich vor allem an die wunderbare Sicht, die man von dort übers Meer zur bretonischen Küste genoß.

Wieder versteckte ich das Rad hinter einer Hecke, legte Mantel und Helm dazu, bedeckte alles mit Zweigen und schlich zum hinteren Eingang im Hof. Ein Auto stand dort geparkt. Ein Kübelwagen, wie ich bei näherer Betrachtung feststellte.

Einige Felder weiter erhob sich Gebell, dem Klang nach ein Schäferhund. Ich verhielt mich eine Weile still, ging dann ums Haus zur Vorderseite.

Unter dem Vorhang des ersten Fensters sickerte Licht heraus, aber ich konnte nicht hineinsehen und versuchte es beim nächsten. Steiner so nahe zu sehen, erschreckte mich dann geradezu. Er saß am anderen Ende des Zimmers vor einer Staffelei und malte mit Wasserfarben. Mein Vater mochte sie auch am liebsten. Er arbeitete in Hemdsärmeln, ungemein konzentriert, wie mir schien. Trotzdem erkannte ich an seinen Zügen, daß er Humor besaß, den Humor eines Menschen, der schon das Schlimmste erlebt hat und sich weigert, das Leben allzu ernst zu nehmen.

Seine dunklen, gelockten Haare waren an den Schläfen frühzeitig weiß geworden. Eine Erinnerung an Rußland, wie ich später erfuhr. Das charaktervolle, kräftige Gesicht deutete auf einen Mann der Tat oder der Wissenschaften, je nach den Umständen, die sein Leben beherrschten. Was er malte, konnte ich nicht feststellen, sah ihn aber mehrmals nach links blicken. So ging ich wiederum ein Fenster weiter und entdeckte, daß ich dort viel besser ins Zimmer sehen konnte. Der Vorhang klaffte ziemlich weit auseinander. Ich ließ mich auf ein Knie nieder und lugte hinein. Meine Hände verkrampften sich am Fensterbrett.

Simone de Beaumarchais stand am anderen Ende des Zimmers, einen blauen Seidenstoff um die Hüften geschlungen, in stolzer Haltung, eine Hand in die Hüfte gestützt. Fast schien es, als blickte sie zu mir, was natürlich nicht sein konnte. Sie sah Steiner an, lächelte für ihn, daß sich mein Herz verkrampfte. Hatte sie mir je so zugelächelt? Jemals . . .? Ich spürte plötzlich Salz auf den Lippen, Salz auf ihrer Haut, meinen Rücken warm von der Sonne, die Erde um mich schien sich zu heben.

Die größte, immerwährende Gefahr im Gebiet von St. Pierre, sogar bei gutem Wetter, ist der dicke Nebel, der so oft ganz plötzlich entsteht, vom Meer herüberzieht und die Sicht auf wenige Meter eingeschränkt. 1935, am Tag nach Simones neunzehntem Geburtstag, mitten im Hochsommer, fuhren wir mit ihrem neuen Boot hinaus.

Keine Wolke stand am Himmel, die Insel lag wie auf einen Schleier gemalt hinter uns. Das hätte mich warnen sollen, aber Simone freute sich wie ein Kind auf ihr neues Boot und wollte mit mir bis zu den Vorfelsen. Und ihr Wort war mir damals Befehl.

Nach einigen Kilometern verhedderte sie die Leinen und brachte ein Segel nicht an seinen Platz. In der darauffolgenden Panik kippten wir um. Hatten keine Hoffnung, das Boot wieder aufzurichten. Ich versuchte es – vergeblich. Hievte schließlich Simone über den Kiel, hängte mich neben ihr dran und hoffte das Beste, hoffte vor allem, daß das Boot oben blieb. Wir trugen allerdings beide Rettungswesten. Plötzlich verschwand die Insel vor unseren Augen. Nebel wallte herein. Eine halbe Stunde später beschloß das Boot, wie ein Stein abzusacken.

Bis dahin hatten wir unseren Spaß gehabt. In der nachmittäglichen Sommerhitze war ja das Wasser warm genug, zumindest die erste Zeit. Dann kam der Gezeitenwechsel, Le Coursier kräuselte das Wasser rings um uns, wir spürten die Strömung unter uns, mit zehn Knoten Geschwindigkeit wurden wir unerbittlich vorangetrieben.

Und wurden von dieser Strömung letzten Endes auch gerettet, merkwürdigerweise – von ihr und den Rettungswesten. Als das Boot sank, waren wir fünf Kilometer von Charlottestown entfernt; die Strömung folgte der Nordküste und ging um die Südostecke, ehe sie auf die Bretagne zuhielt.

Ich machte meinen Gürtel auf und hängte uns aneinander. Eineinhalb Stunden lang trug uns das Wasser durch den grauen Vorhang, dann hörten wir ganz plötzlich das Donnern der Brandung und sahen schon die weißen Gischtwolken gegen die riesigen schwarzen Felsen schlagen.

Links von mir ragte eine Klippe aus dem Grau, weiß bekleckst vom Vogelkalk und voll kreischender Möwen. Ein Sturmvogel flog quer über das Wasser, mehrere Artgenossen folgten ihm. Dann zogen uns die Wellen zusammen in den weißen Wasserwirbel und setzten uns auf dem schrägen Strand der großen Bucht ab.

Ich weiß noch, wie ich den Arm um Simone legte und wir gemeinsam vorwärtsstolperten, ehe die nächste Woge hereinbrach. Wir waren in Sicherheit. Sie legte sich auf den Bauch und hustete Wasser.

Ich zog meine Weste und das nasse Hemd aus, drehte dann Simone um. Es war erst drei Uhr nachmittags. Die Sonne brannte auf uns, aber sie zitterte heftig. Wir waren zu lange draußen gewesen. Ich band ihre Weste auf. Sie trug Shorts und einen alten Pullover ihres Vaters, der ihr viel zu groß war und jetzt wie ein nasser Sack an ihr schlotterte. Ich zog ihn ihr über den Kopf. Sie war völlig kraftlos.

So gut es ging, streifte ich ihr alles vom Leib und begann, sie zu massieren. Immer noch zitterte sie, und ich nahm sie nach einer Weile in die Arme und drückte sie eng an mich. Küßte sie auf die Stirn, spürte ihre nackten Brüste. Sagte ihr immer von neuem, daß alles wieder gut, daß alles vorbei sei.

Was dann passierte, war wohl ziemlich natürlich. Sie küßte mich, hatte eine Hand hinter meinem Kopf. Ich spürte das Salz auf ihren Lippen, auf ihrer Haut, und die Sonne wärmte meinen Rücken.

»Komm zu mir, Owen – komm, hab' mich lieb.«

Ich hatte sie lieb, hatte sie immer geliebt, würde sie immer lieben. Fleisch von meinem Fleisch? Nein, mehr als das. Teil meiner selbst, und alles, was das bedeutet.

Sie zog einen alten Morgenrock über, Steiner knöpfte seine Jacke zu. Orden waren immer schon mein Hobby; ihr Studium gehörte irgendwie zu meinem Beruf. Man lernt aus ihnen viel über die Menschen, die sie tragen. Wo sie herkommen, und was für Taten sie vollbracht haben; angebliche oder wirkliche.

Die Deutschen trugen ihre Verwundetenabzeichen wie Ordenssterne auf der Brust. Steiner hatte das silberne, mußte also drei- oder viermal drangekommen sein. Das überraschte mich nicht, zumal als ich das Bändchen für die Ostfront-kämpfe 1941/42 sah. Dazu das Eiserne Kreuz Erster Klasse, das nicht viele besaßen. Er schien eine Menge mit Fitzgerald gemeinsam zu haben. Um den Hals trug er übrigens ein nachlässig geknotetes Tuch. Erst später entdeckte ich, daß er dahinter das Ritterkreuz versteckte, das er für seine Arbeit in der Gruppe »Donau« bekommen hatte.

Beide gingen zur Tür. Ich stand im Schatten draußen und be-obachtete sie. Die Tür öffnete sich, ich hörte helles, fröhli-ches Gelächter. »Morgen, ganz früh. Du reitest doch mit – ja?«

Sein Englisch war perfekt, aber ich wartete auf ihre Stimme. Sie hatte sich nicht verändert. Merkwürdig, daß man man-ches im Leben nie vergessen kann.

»Ja, morgen früh. Ich freue mich schon.«

Ich spähte um die Ecke, als er sich gerade zu ihr beugte und sie küßte, empfand aber nichts dabei. Keine Eifersucht, kei-nen Zorn. Irgendwie merkwürdig. Trotzdem war mir der Mund ganz trocken, und mein Herz klopfte wild.

Sie lief einige Schritte mit ihm, er küßte sie nochmals und ging dann allein in den Hof zu seinem Wagen. Sang ein merkwürdig melancholisches Marschlied aus dem Rußland-Feldzug. Dem schrecklichen Winter 1942. ». . . alles ist ver-rückt. Alles ist beim Teufel . . .«

Hinter ihrem Rücken schlüpfte ich ins Haus. Die Küchentür stand offen, ich versteckte mich schnell dahinter. Der Motor sprang knatternd an, das Geräusch entfernte sich, verebbte in der Nacht. Dann hörte ich Schritte, ein Schlüssel wurde umgedreht. Ich holte tief Atem und trat ins Zimmer.

Sie stand beim Kamin und kämmte sich vor dem Spiegel über dem Sims. Sie sah sich um und erkannte mich gleich. »Owen? Owen, bist du's?«

Und das nach fünf Jahren, fünf anstrengenden Jahren für mich, trotz Narbe und Augenklappe. Und dann kam sie in meine Arme gelaufen.

8

Simone fütterte mich in der Küche. Das Brot war nicht sehr gut, es gab wohl wenig Mehl. Dazu Hausgeräuchertes und Bier zum Hinunterspülen. Ich kostete davon und mußte grinsen. »Ezra braut also immer noch in seiner Freizeit?«
»Was anderes gibt's jetzt kaum. Du hast es gleich erkannt?«
»Den Geschmack vergißt man nie.«
Sie saß mir gegenüber an dem blankgescheuerten Küchentisch, legte ihre Hand auf meine. »Wie lange es her ist, Owen. So lange.«
»Zu lange, auch für mich.« Ich hob ihre Hand an die Lippen, küßte sie leicht, hielt sie an meine Wange. In ihren Augen standen Tränen. »Dein armes Gesicht, Owen. Was haben sie mit dir gemacht?«
»Das hat Ezra auch gleich gefragt.«
»Du warst schon bei ihm?«
»Ganz kurz. Ich hatte dich in der Seigneurie gesucht.« Dann erzählte ich von Joe St. Martin. Als ich geendet hatte, war ihr Gesicht ganz steif und zornig.
»Er war immer schon ein widerwärtiger Kerl. Ich könnte dir Sachen erzählen . . . Was er hier in der Besatzungszeit getrieben hat.«
»Zum Beispiel?«
»Leute angezeigt, die etwas Unerlaubtes taten. Als die Deutschen kamen, mußten wir alle die Radios abgeben. Viele behielten ihren Apparat, damit sie BBC hören konnten. Ezra hat seinen den ganzen Krieg über gehabt. Es gab schwere Strafen, wenn sie einem draufkamen. Arbeitslager. Mindestens ein halbes Dutzend mußte dran glauben durch ihn. Es gab auch noch Schlimmeres, aber das läßt sich schwer beweisen.«
Wir standen auf und gingen ins Wohnzimmer hinüber. Sie legte noch ein Scheit ins Feuer. Ich bot ihr von meinen Zigaretten an. Sie inhalierte tief. »Ich wußte gar nicht mehr, wie Players schmecken.«
»Drüben kann man sie auch kaum noch bekommen. Wie schlimm war es hier nun eigentlich?«

Sie hob die Schultern. »Im Grunde gar nicht so arg. Außer im letzten Jahr. Lebensmittelknappheit und so weiter. Seit einem Monat bekommen wir keinen Nachschub.«

»Und wie hat man dich behandelt?«

»Im großen und ganzen recht anständig. Bis auf das letzte Jahr allerdings. Kurz vor Vaters Tod bekamen wir einen neuen Gouverneur, General Müller. Ich mochte ihn nie. Er war von der SS und hat seine Leute mit hergebracht. Von denen gefiel mir keiner.«

»Und du durftest trotzdem bleiben, obwohl dieser Müller vor ein paar Monaten fast alle evakuieren ließ?«

»Ich bin ja jetzt Seigneur. Sie brauchten jemanden, mit dem sie rechtmäßig verhandeln können. In solchen Dingen sind sie überraschend genau. Und ich bin ganz nützlich. Schließlich habe ich drei Jahre Medizin studiert. Ich helfe Paddy in der Klinik. Sie brauchen uns einfach.«

»Du haßt sie eigentlich nicht besonders?«

»Mein Vater wurde bei dem Bombardement durch die britische Marine getötet. Soll ich deswegen die Engländer hassen? Und du, Owen? Du hast ein Auge verloren. Im Kampf vermutlich?«

»Sozusagen.«

»Und haßt du sie jetzt? Genügt das, um zu hassen?«

»Das wurde ich heute schon einmal gefragt.« Ich schüttelte den Kopf. »Nein, ich hasse sie nicht. Im Augenblick sind sie auf der anderen Seite im Spiel. Jeder versucht also, den anderen loszukriegen. Bei den Klippen über der Teufelstreppe hatte ich heute Schwierigkeiten mit zwei Wachen. Ich bin dort in der Bucht gelandet.«

»Und was passierte?«

»Sie wollten mich gefangennehmen.«

»Du hast sie getötet? Alle beide?« Sie sah mich ehrlich entsetzt an. Später begriff ich, warum. Für sie waren das Leute, die sie seit Jahren jeden Tag gesehen hatte. Vielleicht persönlich kannte. Ich war jetzt der Eindringling. Fünf Jahre sind eine lange Zeit. Fünf Jahre, in denen die Außenwelt so gut wie nicht mehr existierte für sie.

»Für mich nur zwei weitere Namen auf einer Liste«, sagte ich.
Sie starrte mich an. Ganz weiß war ihr Gesicht geworden, ich
sah die Anspannung in ihren Augen und wußte, daß sie mir
erklären wollte, ich hätte mich sehr verändert. Daß der Owen
Morgan, den sie vor einem Jahrhundert gekannt und geliebt
hatte, tot sei. Im Krieg gefallen. Sie äußerte jedoch nichts
dergleichen, sondern riß sich merklich zusammen, lächelte
und nahm mein Glas.
»Ich hol' dir noch Bier.«
An der Wand hingen drei Aquarelle meines Vaters, die er
selbst dem alten Seigneur zu verschiedenen Gelegenheiten
geschenkt hatte. Darunter auch eine Ansicht der großen
Bucht von den Klippen aus, an einem Sommernachmittag.
Steiners Staffelei stand jetzt am anderen Ende des Zimmers.
Ich ging hinüber. Merkwürdig, daß weder Simone noch ich
ihn in dieser halben Stunde erwähnt hatten, auch nicht indi-
rekt. Dennoch war er für mich beinahe körperlich vorhan-
den, stand zwischen uns.
Sein Bild war nahezu fertig. Es nahm mir fast den Atem. Sogar jetzt konnte es schon als vollendetes Kunstwerk gelten.
Das lag nicht nur an der Technik; alles daran – Stil, Sicherheit
des Strichs, Formgefühl und Schönheit – war unübertreff-
lich.
Simone trat neben mich, hielt das Bierglas mit beiden Händen.
Ich sagte leise: »Mein Vater hat mir einmal erklärt, daß jeder
Dummkopf mit Ölfarben umgehen kann, aber nur ein Maler
könne sich an ein Aquarell wagen. Dieser Mann hier ist mindestens so gut wie Vater in seiner besten Zeit.«
»Ein größeres Kompliment könntest du ihm nicht machen.«
»Liebst du ihn?«
Sie starrte mich an; ihre Augen waren dunkle Höhlen im
wachsbleichen Gesicht. Ich ging zur Schlafzimmertür, öffnete sie und schaltete das Licht ein. Das Bett war gemacht,
aber es lagen genug Dinge herum, die mir das verrieten, was
ich wissen wollte: Rasiergerät und verschiedenes Toiletten-
zeug.

Ich wandte mich um. Sie stand unter der Tür. »Fünf Jahre, Owen, fünf Jahre. Außerdem ist er ein fabelhafter Mann. Der beste, den ich je kannte.«

»Liebst du ihn?« fragte ich nochmals ganz leise.

»Ach, ihr Männer.« Ihre Stimme klang verzweifelt. »Ich meine die Einsamkeit. Die Sehnsucht nach jemandem, der einen tröstet. Für euch muß immer alles ganz einfach, sauber und ordentlich sein.«

»Ob du ihn liebst«, wiederholte ich.

»Wie könnte ich? Den Anspruch hat schon ein anderer, oder hast du das vergessen? Mit vierzehn habe ich mich in dich verliebt, an deinem zwölften Geburtstag.«

»Ja, du warst immer schon zu alt für mich.«

Sie berührte mein Gesicht. »So ist's besser. Jetzt bist du wieder mein alter Owen. Dein Lächeln ist noch das gleiche. Der kleine Owen Morgan, mein kleiner Owen.«

Ich umfaßte ihre Taille und zog sie an mich. »Werd nur ja nicht keck. Für dich bin ich Colonel Morgan. Vergiß das nicht.«

Ihre Augenbrauen wölbten sich. »Ganz schön weit gekommen, was?«

»Fünf Jahre sind ja auch ganz schön lang, wenn man's richtig bedenkt.«

Ich hatte nicht mehr gewußt, wie sehr man sich nach einem Menschen körperlich sehnen kann. Wir fielen beide aufs Bett. Ihr Mund lag auf meinem. Und im gleichen Augenblick knatterten draußen Gewehrschüsse.

Ich rannte zur Haustür, sah hinaus. Aus der Richtung von Charlottestown kamen noch mehr Schüsse, dann das bösartige Rattern eines Maschinengewehrs. Kurz darauf dröhnten schwere Dieselmaschinen.

Simone stand neben mir. Ich fragte hastig: »Was liegt zur Zeit im Hafen?«

»Nichts Besonderes«, meinte sie. »Hauptsächlich zurückgelassene Fischerboote. Ach ja, gestern kam ein Boot von der Kriegsmarine herein. Warte, ich habe irgendwo einen Feldstecher.«

»Ein Militärboot?« Das fehlte gerade noch. Ich hörte die Motoren jetzt sehr laut. Weitere Schüsse knallten. Inzwischen war Simone mit dem Feldstecher da. Ein Zeissgerät, die besten Nachtgläser, die es gab. Ich fragte sie nicht, woher sie es hatte. Sicher von Steiner. Den alten Hafen konnte man vom Haus aus nicht sehen, aber den Bogen des Wellenbrechers und die Einfahrt zum sogenannten neuen Hafen – der seit hundert Jahren so hieß.
Ich hatte den Feldstecher gerade rechtzeitig scharf eingestellt, um das ausfahrende deutsche Boot zu sehen. Simone zog mich am Ärmel. »Was ist los, Owen? Was bedeutet das alles?«
»Es bedeutet, daß alles zum Teufel ist. Wie in Steiners Lied.«

Erst viel später konnte ich mit den Beteiligten sprechen und mir ein ungefähres Bild von den Geschehnissen dieser Nacht machen.
Die Schuld traf Fitzgerald. Er handelte eindeutig gegen seinen Befehl. Leider hatte er mit seinen Männern im neuen Hafen oben nicht viel zu tun gefunden. Und merkwürdigerweise drangen sie nicht bis zum alten Hafen vor, wo das Kanonenboot an der Mole lag, für das sich der Ausflug wenigstens gelohnt hätte.
Auf dem Weg zum Ufer hatte Fitzgerald beim alten Lagerhaus eine Wache entdeckt und gemeint, das habe etwas mit dem »Nigger«-Projekt zu tun. Er landete also mit Grant und erkundete die Gegend. Die zwei Schäferhunde des Wachtpostens rochen die Eindringlinge. Der Soldat gab Feuer, und daraus resultierte alles übrige.
Der Kommandant des Kanonenbootes hatte jedenfalls keinen Augenblick lang gezögert. Ahnte wohl sofort, daß ein Spezialtrupp des Feindes irgendwo in der Nähe abgeladen worden war, und wußte auch, was für Schiffe man für solche Aktionen verwendete.
Die Jagd war in vollem Gang. Ich vergaß ganz meine eigene Lage, während ich mit dem Glas verzweifelt das Boot suchte, das uns hergebracht hatte. Das deutsche war um zehn bis

fünfzehn Knoten schneller. Ein Suchscheinwerfer durchschnitt plötzlich die Finsternis in großem Bogen, Leuchtraketen stiegen auf und zerplatzten, und dann brach die Hölle los.

Da war das Schiff! Im Artilleriefeuer erkannte ich alles bis ins Detail – sogar die Gestalten auf der Kommandobrücke. Und dann traf ein Geschoß. Man hörte die Explosion und sah gleich darauf den Brand.

Simone schmiegte sich eng an mich, hatte einen Arm um meine Taille gelegt. Ich schwenkte den Feldstecher und sah die Deutschen einen Kreis beschreiben. Sie hämmerten mit allen verfügbaren Geschützen auf den Feind.

Unsere Leute machten Böses durch. Die Flammen schlugen hoch übers Achterdeck, die Kanonen waren bereits fast alle außer Gefecht. Trotzdem war das Schiff noch in voller Fahrt, und das nutzte der Kommandant.

Wieder wendeten die Deutschen, zum letzten Angriff, kamen dabei aber zu nahe. Der andere drehte so schnell bei, daß es zu einem Zusammenstoß führte, mit entsetzlichem Getöse und einer Explosion, die alles zu zerreißen schien. Ein riesiger Feuerpilz wuchs in den Himmel, Rauch kletterte in die Dunkelheit hinauf – der Treibstoff hatte Feuer gefangen.

Einige Männer sprangen sofort ins Meer. Eine Feuerhölle.

Meine Hand mit dem Glas sank herab. Simone weinte; ihr Gesicht lag an meiner Schulter. Ich legte den Arm um sie und führte sie ins Zimmer.

Meine eigene Lage war nicht gerade rosig. Bestimmt würde man die ganze Insel von oben nach unten kehren, um sicher zu sein, daß man alle Eindringlinge gefangen hatte. Auf so kleinem Territorium konnte man bei einer solchen Suche kaum entkommen.

Die einzige Alternative war auch nicht gerade erfreulich. Mit dem Schlauchboot, das ich unten an der Teufelstreppe versteckt hatte, in Richtung französische Küste in See zu stechen. Ich hatte wirklich keine Wahl und versuchte, das Simone klarzumachen, die es aber nicht begreifen wollte.

Unser Streit ging im Kreis, endlos, und wurde schließlich so hitzig, vor allem von ihrer Seite, daß ich beinahe das herankommende Fahrzeug nicht hörte. Dem Klang nach war es wieder der Kübelwagen, also wohl Steiner. Wenigstens das. Sicher kam er, ihr die Lage zu erklären. Vielleicht würde er sogar die Nacht über dableiben.

Seine Stiefel knirschten den Weg entlang. Simone lief zur Tür, sah verzweifelt zu mir zurück. Ich winkte ihr zuversichtlich zu, ging in die Küche hinaus und wartete dort im Dunkeln. Sie öffnete die Haustür und begrüßte ihn, spielte ihre Rolle gut.

»Was war denn los, Manfred?«

»Commandos sind in den Hafen eingedrungen. Offensichtlich hat man sie alle erwischt, aber vielleicht sind noch andere hier. Du solltest heute nacht mit nach Charlottestown kommen.«

»Aber weshalb denn?« Sie lachte geradezu unbekümmert. »Warum sollten sie mir etwas tun? Was war draußen los, auf dem Meer?«

»Böse Sache. Unsere Leute sind rausgefahren, um das Schiff zu finden, das sie hergebracht hat.«

»Haben sie es gefunden?«

»Sie haben sich sozusagen gegenseitig gefunden. Sind beide untergegangen.«

»Und die Überlebenden?«

»Radl hat kein Schiff hinausgeschickt. Falls du das meinst.« Er lachte bitter. »Du weißt ja, wie genau er alles nach den Buchstaben der Vorschrift erfüllt. Und um keinen Punkt weiter. Die Funktionen der Marine liegen auf dem Meer, und das Boot war die letzte Marineeinheit in Charlottestown. Die Armee hat keinerlei Jurisdiktion oder Pflichten jenseits des Wellenbrechers.«

»Auch wenn jetzt dort welche sterben, die man hätte retten können?«

»Genau. Denn für Standartenführer Otto Radl sind Vorschriften eben Vorschriften.« Er schwieg kurz und sagte dann plötzlich erstaunt: »Was ist denn das?«

Genau im gleichen Augenblick merkte ich, daß ich meine Kappe nicht mehr auf hatte. Ich spähte durch einen Spalt in der Tür und sah ihn neben dem Kamin mit meiner Mütze in der Hand stehen. Er trug jetzt an einem Lederhalfter seine Luger auf der Hüfte.

Ich fühlte keine Feindschaft gegen diesen Mann. Wußte wohl schon zuviel über ihn. Und was ich wußte, gefiel mir. Ich bewunderte ihn. Hatte ihn jetzt mit Simone beobachten können, die ihn bestimmt nicht falsch beurteilte. Auch Ezra Scully konnte sich nicht so irren. Außerdem malte er wie ein Engel.

»Wer ist hier gewesen? Simone, du mußt es mir sagen!« Sein Ton war jetzt dringender geworden, und dann schien ihm die mögliche Erklärung plötzlich zu dämmern. Er drehte sich abrupt um, ich trat durch die Tür ins Zimmer, die Mauser in der linken Hand.

»Die Deutschen haben das für leises Töten erfunden, Simone. Nimm ihm seine Pistole ab.«

Sie war wieder ganz blaß geworden, blickte gehetzt zwischen uns hin und her. Er stand da wie in Stein gemeißelt, starrte auf sie hinunter, während sie sich ihm näherte. Plötzlich schloß sie die Augen, zitterte und trat zurück. »Nein – nein, Owen. Ich ergreife nicht Partei.«

Das brachte mich ganz aus der Fassung. Ich blickte zu ihr. Steiner warf mir im gleichen Augenblick die Kappe ins Gesicht, packte mich im Überraschungsmoment am linken Handgelenk, entwand mir die Mauser, ließ sich auf ein Knie fallen und warf mich kopfüber in die Mitte des Zimmers.

Ich rollte über eine Schulter aus, kam auf die Füße, hatte das Messer schon in der rechten Hand und holte aus, um es im Umdrehen zu werfen. Seine Reflexe waren unglaublich. Wie durch Zauber hatte er die Luger bereits in der Hand; beide starrten wir während dieses winzig kleinen Augenblicks dem Tod ins Gesicht.

Dann war Simone schon zwischen uns, packte meine Mauser ungeschickt mit einer Hand.

»Hört auf!« kreischte sie. »Aufhören mit dieser blöden, sinnlosen Töterei!« Ich wartete in gebückter Stellung, Steiner noch immer auf einem Knie, die Luger schußbereit.

»Manfred, das ist doch Owen Morgan. Verstehst du denn nicht? Owen Morgan!«

Er fixierte sie scharf, wandte sich dann mir zu. Sah mich sehr verwundert an. »Tatsächlich? Sie sind Owen Morgan?«

Ich konnte es ihm nur bestätigen. Da lächelte er ganz unerwartet, unwahrscheinlich charmant. Stand auf und schob die Luger wieder in die Halterung. Legte einen Arm um Simone. »Ist schon gut, Simone, jetzt wird alles gut.«

Er versuchte, ihr die Mauser aus der Hand zu nehmen, sie wich zurück. »Nein, die behalt' ich noch. Zur Sicherheit. Ich will nicht, daß ihr euch was tut. Auf keinen Fall.«

Sie starrte uns wütend an, wandte sich um und rannte ins Schlafzimmer. Warf die Tür krachend hinter sich zu.

Steiner seufzte. »Arme Simone. Der Krieg ist an sich schwierig genug, aber wenn man nicht weiß, auf welche Seite man gehört . . .« Er streckte mir die Hand entgegen. »Manfred Steiner. Ich wollte Sie schon lange kennenlernen. Den berühmten Owen Morgan.«

»Ich wußte gar nicht, daß ich so berühmt bin.«

»Bei Simone heißt es Owen Morgan von morgens bis abends. Jeder Felsen, jeder Strand ist eine Erinnerung an etwas, was Sie gemeinsam getan haben, in jenem endlosen Sommer.«

Ich bot ihm eine Zigarette an. Er betrachtete mich abwägend. »Sie sind auch mit den Commandos gekommen?«

Warum sollte ich es leugnen. »Ja, die Aktion stand unter meinem Befehl.«

»Sie sind aber nicht in Uniform.«

»Uniform oder nicht ist doch egal, wenn man geschnappt wird, laut deutschem Kommandobefehl.«

»Der hier leider auch gilt«, sagte er. »Standartenführer Radl, unser stellvertretender Gouverneur, ist ein harter Mann. Ist überzeugt, daß man Befehle befolgen muß, wie unangenehm sie auch sein mögen. Und vorläufig besteht noch der Befehl, daß Angehörige von Sabotageeinheiten so bald wie möglich exekutiert werden müssen und jeder Regionalkommandant persönlich dafür verantwortlich ist.«

»Sehr dumm von Radl, finde ich«, sagte ich. »Der Krieg dauert höchstens noch einen Monat. Die britischen Truppen überqueren demnächst die Elbe, und die Russen hämmern schon an die Tore in Berlin.«

»Ich weiß«, sagte er. »Ich höre vielleicht öfter BBC als Sie. Aber Radl ist eine besondere Type. Er war in den zwanziger Jahren mit Hitler beisammen, ehe die NSDAP zur Macht kam. Für ihn ist die Partei heilig. Er würde sich selbst exekutieren lassen und für seinen Glauben sterben, wie die christlichen Märtyrer in der Römerzeit. Nichts könnte ihn zu einer Meinungsänderung bringen.«

»Wie viele unserer Leute haben überlebt?«

»Ich weiß es nicht. Einige Gefangene wurden jedenfalls gemacht. Mindestens zwei. Das weiß ich von einem Pionier.« Er schüttelte den Kopf. »Was hatte das Ganze überhaupt für einen Sinn?«

»Wir waren auf Sie aus und Ihr ›Nigger‹-Projekt.« Ich setzte mich auf den Tischrand. »Unsere hohen Herren haben Angst, daß Sie eine Bedrohung für uns darstellen könnten, falls man hier beschließt, die Kanalinseln zu verteidigen.«

»Das ›Nigger‹-Projekt?« Steiner war sichtlich überrascht, und die Sache amüsierte ihn. Er lachte laut. »Unser Projekt eine Bedrohung? Das ist der Witz des Jahrhunderts! Es gibt gar kein ›Nigger‹-Projekt. Seit zwei Monaten jedenfalls nicht mehr. Wir haben keine Torpedos mehr.« Er lachte wieder und schüttelte den Kopf. »Für uns ist der Krieg vorüber, oder war es bis heute nacht. Wenn der Krieg in Deutschland zu Ende ist, ist er es auch hier, das kann ich Ihnen versichern.«

»Und was ist mit Radl und seinen SS-Fallschirmjägern? Und der ganzen Situation hier?« Simone stand an der Schlafzimmertür. »Was passiert, wenn er Owen erwischt?«

Die Antwort darauf wußten wir alle drei. »Blöd, daß man Sie jetzt nicht abholen kann«, sagte Steiner. »Gibt es noch eine andere Möglichkeit?«

»Ich habe ein zusammengelegtes Schlauchboot an meinem

Landeplatz versteckt. Könnte versuchen, nach Frankreich rüberzukommen.«

»Ganz schön weiter Weg.«

»Immer noch besser, als hierzubleiben. Darf ich annehmen, daß Sie nicht gegen mich vorgehen werden?«

»Ich habe wohl kaum eine andere Wahl.« Er machte eine Kopfbewegung zu Simone hin. »Für mich sind Sie nie hiergewesen. Können Sie sich vorstellen, wie die SS Simone behandeln würde, wenn sie irgendeinen Kontakt mit Ihnen vermutete?«

»Das kann ich mir gut vorstellen – vielleicht besser als Sie. Aber das gehört nicht hierher.« Ich sah auf die Uhr. Das untere Ausstiegsloch der Teufelstreppe stand wahrscheinlich noch ein bis zwei Meter unter Wasser, aber nur noch etwa eine Stunde. Es hatte keinen Sinn, hier länger zu verweilen.

Ich nahm meine Kappe, setzte sie auf und begab mich zur Staffelei. »Ihre Malerei gefällt mir. Es geht nichts über ein gutes Aquarell.«

»Für mich die einzige mögliche Malweise.«

»Sie hätten sich gut mit meinem Vater verstanden. Er hat auch beim Hintergrund eine Farbe in die andere fließen lassen. Das habe ich bisher bei keinem anderen gesehen.«

»Mein Gott, was für ein Maler er war«, sagte Steiner. »Ein Genie. Auf der Kunstschule lernte man zu meiner Zeit von ihm. Der Inselfischer, der nie eine Malstunde gehabt hatte. Ganz kleine Werke wurden damals, 1935, für fünfhundert Pfund gehandelt. Und dann sein spektakulärer Tod, wirklich bemerkenswert. Wenige Menschen werden so rasch zur Legende.«

Peinliches Schweigen lastete nach seinen Worten auf uns. Da stand er, in seiner Uniform mit all seinen Orden, während ich wie ein Matrose vom letzten Fischkutter wirkte. Und ich wußte, daß er mir besser gefiel als all die Menschen, die ich seit meines Vaters Tod kennengelernt hatte. Rein instinktiv, nicht aus irgendwelchen Gründen, die ich hätte nennen können.

Simone trat zu mir, drückte mir meine Mauser in die Hand. »Los – mach, daß du wegkommst. Such deinen Heldentod, wenn du ihn unbedingt brauchst. Schaut euch doch an, ihr zwei. Steht alle beide stumm da, weil es nichts zu sagen gibt darüber. Einfach zu dumm ist die Sache, unbegreiflich dumm!«

Sie brach in Tränen aus und warf sich auf die Couch. Steiner streckte mir die Hand entgegen. »Leben Sie wohl, Owen Morgan. Ich hätte Sie gerne besser kennengelernt. Aber der Krieg läßt es nicht zu, läßt vieles nicht zu.«

Ich nickte. »Sie kümmern sich um sie?«

Auch er nickte. Ich wandte mich um und ging hinaus.

Erst nach einer halben Stunde erreichte ich auf Umwegen die Straße, die zur Teufelstreppe führte. Kurz vor meinem Ziel mußte ich noch einmal in den Graben springen. Ein Kleinlaster mit Soldaten kam vom Fort herunter, brauste durch die Nacht an mir vorbei.

Um den Bunker herum ging es recht lebhaft zu. Ein zweites Fahrzeug fuhr an mir vorbei, ich hörte bösartiges Schnauben von Hunden. Jetzt reichte es mir. Schnell rannte ich über die Felder in Richtung Granville. Kam sehr langsam vorwärts, verheddertе mich mehrmals in Stacheldrahtverhauen und befreite mich jedesmal sehr vorsichtig, mit zusammengebissenen Zähnen. Dachte an die Minen, die möglicherweise an diesen Stellen gelegt waren.

Irgendwas Unausweichliches stand mir bevor, das fühlte ich genau. Nicht meine eigenen Schwierigkeiten – es mußte etwas anderes sein. Ich war gefangen in einem Netz von Geschehnissen, hatte darin eine Rolle zu spielen.

Vor der Morgendämmerung konnte ich Granville nicht erreichen. Und selbst wenn es mir gelang – wo sollte ich dann hin? Nein, ich brauchte ein Versteck, an das niemand denken würde. Mir fielen die Klippen über der Hufeisenbucht ein, in denen ich als Junge mit Simone gespielt hatte. Wir hatten da ein Geheimversteck auf halber Höhe an scheinbar unerreichbarer Stelle.

In der Dunkelheit fand ich nicht gleich hin, erreichte es aber schließlich doch – ziemlich zerkratzt und aufgeschürft. Ich hockte mich unter dem überhängenden Felsen auf einen schmalen, mit Ginsterbüschen bewachsenen Vorsprung. Falls ich mich hier während des ganzen Tages verborgen halten konnte, bestand die Möglichkeit – eine sehr schwache Möglichkeit! –, daß sie meinen würden, alle erwischt zu haben, und die Suche aufgaben.

So kauerte ich dort und wartete. Vom Rand der Welt her durchbrach das Licht langsam die Dunkelheit. Unten in der Bucht schwemmte die Flut in der Morgendämmerung Leiche um Leiche herein. In ganzen Knäueln hoben und senkten sie sich durch die Brandung zum Strand – gut dreißig Meter unterhalb meines Verstecks.

9

Daß Radl die Sache falsch eingeschätzt hatte, zeigte sich wenig später. Die Tür des alten Munitionsdepots wurde aufgesperrt, zwei SS-Leute befahlen uns barsch nach draußen. Dort wartete schon ein Kleinlaster, wir wurden ohne viel Federlesens hinaufgestoßen und zum Hafen gefahren. Eine ganze Menge Volk hatte sich hier versammelt. Erstens einmal vierzig deutsche Soldaten, alles Pioniere, und dann noch ungefähr ebenso viele Todt-Arbeiter; die schüttelten sich vor Kälte in ihren schäbigen Sachen und drängten sich an die Hausmauern, um ein bißchen Schutz vor dem Regenguß zu finden. Der Hafen hatte sich nicht sehr verändert, bis auf die Zerstörungen von den früheren Bombenangriffen und dem letzten Granatbeschuß. Etwa zwanzig verschieden große Fischerboote aller Typen ankerten in Nähe des Wellenbrechers, und draußen, genau in der Mitte, ragte der Schornstein eines bewaffneten deutschen Trawlers über die Wasserfläche. War vor eineinhalb Jahren auf Reede durch Bomben versenkt worden. Auch das hatte Joe St. Martin nicht erwähnenswert gefunden.

Steiner stand ebenfalls da, auf der unteren Mole. Im

schwarzen Gummianzug der Froschmänner. Neben ihm vier Männer in gleicher Aufmachung: Panzerdivision Brandenburg, Überreste der ursprünglichen »Nigger«-Gruppe.

Zwei der Rob-Roy-Kanus hatte man an Land gezogen. Offensichtlich waren die Boote von Fitzgerald und seinen Leuten, wie es bei drohender Gefangennahme üblich ist, mit allem Gerät versenkt worden.

Ein halbes Dutzend Minen lagen sauber ausgerichtet nebeneinander; die Brandenburg-Leute entschärften sie an Ort und Stelle. Sie unterschieden sich in ihrem Gehabe durch nichts von dem unserer Sondereinheiten. Jene legere Arroganz, die eigentlich gar keine ist, sondern der absolute Glaube an die eigenen Fähigkeiten. Eine Haltung, die mit der ständigen Todesgefahr zusammenhängt, in der diese Männer leben.

Nach diesem ersten Tag sollte ich sie alle noch gut kennenlernen. Die beiden Feldwebel Lanz und Obermeyer, ehemalige Berliner Musikstudenten. Unteroffizier Hildorf, früher Lehrer an einer Dorfschule. Und Schreiber, der in einer Wiener Bank gearbeitet hatte, weil er von seiner Schriftstellerei nicht leben konnte. Eine Zigarette zwischen den Lippen, kauerte Lanz über einer Mine und holte vorsichtig den Zündungsteil heraus. Obermeyer machte eine Bemerkung; ich konnte sie nicht verstehen, hörte nur das Gelächter der Männer. Einer wandte sich um, erkannte mich und sagte etwas zu den anderen. Lanz blickte auf, immer noch lächelnd, wendete dann seine Aufmerksamkeit der nächsten Mine zu. Alle übrigen Zuschauer standen verständlicherweise weitab. Ganz am Rande der Menge bemerkte ich Major Brandt. Er wandte sich zufällig um, sah uns und kam näher. Salutierte wieder sehr formell. »Guten Morgen, Herr Oberst.«

»Warum hat man uns hergeholt?«

»Befehl von Standartenführer Radl. Er kommt auch gleich nach.« Brandt wies mit einer Kopfbewegung zu der Gruppe auf der unteren Mole, von der wieder Lachen heraufdröhnte. »Verrückte Kerle, diese Brandenburg-Leute.« Er tippte sich an die Stirn. »Einer genügte völlig für die Arbeit, aber die anderen müssen ihm Gesellschaft dabei leisten. Ein einziger Fehler, und es zerreißt sie alle miteinander. Warum machen sie das?«

»Ich könnte versuchen, es Ihnen zu erklären, aber es ist schwer zu begreifen.«

Ich holte meine Zigarettenbüchse heraus. Acht waren noch drin. Ich zündete mir eine an und ging zur Treppe, die nach unten führte. Meine Kette klirrte melodisch. Warum tat ich das? Einfach so eine Geste vermutlich. Herausforderung der Obrigkeit. Oder ein bloßer Impuls.

Da ertönte auch schon das harte Klicken einer Maschinenpistole. Brandt rief mich an: »Oberst Morgan, bitte! Bleiben Sie stehen!«

Ich blieb stehen – ein, zwei Meter von der Treppe entfernt, und blickte zurück. Ein SS-Mann hielt seine Maschinenpistole auf mich gerichtet. Er sah ganz so aus, als würde er sie auch benützen.

»Wenn Sie meinen, daß ich entkommen könnte, lassen Sie ihn ruhig schießen«, rief ich Brandt zu. »Es kommt letzten Endes auf dasselbe heraus. Allzuweit dürfte ich allerdings mit diesem Kettchen zwischen den Füßen nicht kommen.«

Ich machte einen Schritt auf die Treppe zu. Brandt sagte scharf: »Nein, laßt ihn!«

Sehr vorsichtig stieg ich hinunter, denn ich hatte noch nicht das Gefühl für den Spielraum, den die Kette mir ließ. Hier zu stolpern, konnte ein gebrochenes Genick bedeuten. Als ich die Hälfte der Stufen hinter mir hatte, tauchte Fitzgerald hinter mir auf.

Ich wartete unten auf ihn. Er sagte ganz ruhig: »Darf ich mitkommen? Ich habe den anderen gesagt, sie sollen oben bleiben.«

Ich blickte hinauf. Grant und Hagen standen bereits an der Treppe.

»Ihr Yankees habt eben keine Disziplin.«

Zum erstenmal strahlte sein Lächeln Wärme aus. In seinem Blick glänzte etwas Undefinierbares. »Sie haben wohl überhaupt keine Angst? Kein bißchen?«

»In Prozentzahlen kann man so was wohl kaum ausdrük-
ken«, meinte ich. »Unser guter Wu-Chi hat übrigens noch
ein paar Sprüche für Sie. Zum Beispiel: ›Das Schlachtfeld ist
voller Leichen auf Urlaub. Wer zum Sterben entschlossen
ist, wird leben, wer hofft, mit dem Leben davonzukommen,
wird sterben.‹«
Ganz verstand er mich wohl nicht, sah mein Gerede als ex-
zentrisch an. »Gehen wir rüber?« fragte er.
Er konnte seine Erregung kaum verbergen. Zum erstenmal
verstand ich ihn, soweit man je hoffen kann, einen anderen
Menschen zu verstehen. Ich selbst war aus keinem vernünftigen Grund zur Mole hinuntergestiegen, denn kein ver-
nünftiger Mensch hätte so was je getan.
Fitzgerald betrachtete es dagegen als heroische Geste. Hoch-
dramatisch. Tapfere Männer sehen furchtlos dem Tod ins
Auge. Mir wurde plötzlich klar – und alle späteren Ereignisse bestätigten es –, daß Krieg für ihn Tapferkeit, Helden-
mut sowie Glanz und Gloria bedeutete. Wie ich bereits zu
Henry gesagt hatte: Er sah aus, als beabsichtigte er, mit dem
Säbel in der Hand zu sterben. Stimmte ziemlich genau.
Steiner wartete auf uns, beide Hände in die Hüften ge-
stemmt. Seine Leute standen hinter ihm, bis auf Lanz, der
über einer Mine hockte.
»Guten Morgen«, rief ich ihm auf deutsch entgegen.
»Macht's Spaß?«
Steiner grinste und machte eine Bemerkung zu seinen Leu-
ten. »Kommt drauf an«, rief er zurück. »Ein neues Modell.
Der Deckel läßt sich so schwer lösen, sagt Lanz.«
Lanz hing die längst nicht mehr brennende Zigarette von der
Unterlippe. Seine Miene war undurchsichtig, aber an seinem
Handrücken sah ich, wie angestrengt er sich bemühte, den
Deckel ganz vorsichtig aufzuschrauben. Grant und die ande-
ren drei Rangers kamen hinzu, alle beobachteten Lanz inter-
essiert. Hagen meinte plötzlich: »Was hat der denn vor? Will
er uns alle in die Luft jagen?«
Er hockte sich neben Lanz und legte ihm die Hand auf den
Arm.

»Nicht so, Freundchen. Laß mich mal.«

Fitzgerald machte keinen Versuch, ihn zu stoppen. Hagen drehte den Deckel ganz sanft und hob ihn dann hoch.

»Man muß das Gefühl dafür haben, wann die Feder schnappt. Hast bei der ersten vermutlich nur Glück gehabt.«

Der Deckel war jetzt ab, Lanz löste die Zündvorrichtung heraus. Er grinste und schlug dem Amerikaner auf die Schulter. Und dann hockten sie plötzlich alle nebeneinander, auch Fitzgerald. Steiner trat zu mir. »Komische Vögel, was?«

»Ja. Es kommen einem dabei so allerhand Gedanken.«

Wir entfernten uns ein paar Schritte von den anderen. Ich fragte ihn ganz leise: »Simone wird auf keinen Fall befragt werden?«

»Nein, ich habe Radl gesagt, daß ich bei ihr war.«

Von oben schrie plötzlich jemand etwas. Radl stand an der Treppe.

»Was ist da unten los, Steiner?« brüllte er. »Bringen Sie die Gefangenen sofort rauf!«

Fitzgerald antwortete ihm, zu unser aller Überraschung in bestem Deutsch. Diese Kenntnis hatte er uns bisher verschwiegen. »Ein bißchen später vielleicht, wir haben jetzt noch zu tun.« Er wandte seine volle Aufmerksamkeit der nächsten Mine zu. Radl sah eine Weile auf uns herab und stieg dann langsam die Treppe herunter. Offenbar, um sich selbst oder der Menge oben zu beweisen, daß er ebenso mutig war wie wir. Brandt folgte ihm, bleich und ziemlich zögernd. Er hatte Angst, vernünftigerweise.

Als sie uns erreicht hatten, entfernte Hagen eben den letzten Zünder. Deutsche und Amerikaner brüllten vor Begeisterung. Radl tat gleichgültig. Er wandte sich an mich. »Ich war gestern der Meinung, daß es um Objekte an Land ginge. Sie werden mir jetzt sagen, welche Boote im Hafen vermint sind.«

Fitzgerald trat einen Schritt vor. »Sie fragen den Falschen, Herr Oberst. Ich habe die Hafenaktion geleitet.«

»Dann werden Sie mir die gewünschten Informationen geben.«

Lastendes Schweigen. Grant verstand ein bißchen Deutsch, die anderen Rangers hatten keine Ahnung, worum es ging. Die Brandenburg-Leute sahen sehr ernst drein. Sie kannten ihren Radl und erwarteten das Schlimmste.

»Tja«, sagte Fitzgerald, »das werde ich wohl kaum tun können.«

Die reinste Farce. Fitzgerald hatte mit seinen Leuten die Minen an einigen Fischerbooten befestigt – Wichtigeres fanden sie nicht. Die Boote waren gar nicht in Betrieb, niemandem wurde geschadet – außer ihren unglücklichen Besitzern im Exil auf Guernsey –, wenn sie versanken. Aber für einen Mann wie Fitzgerald war es eine prinzipielle Frage, was immer er darunter verstehen mochte. Die Tatsache, daß er eben den Brandenburgern geholfen hatte, die aus dem Hafen gefischten Minen zu entschärfen, hatte nichts damit zu tun.

Und für Radl war es auch eine prinzipielle Frage, was bei ihm vermutlich den Entschluß bedeutete, sein Gesicht nicht zu verlieren. Auf der Hafenmauer standen jetzt eine ganze Menge Leute. Sie sollten nicht ein Fischerboot nach dem anderen in die Luft gehen sehen, wenn er das verhindern konnte.

Er wandte sich an mich. »Oberst Morgan, Sie als Vorgesetzter des Herrn Major . . .«

»Damit erreichen Sie gar nichts bei mir«, unterbrach ich ihn. »Wie Ihnen Major Fitzgerald schon gesagt hat, leitete er die Hafenaktion.«

»Na schön, dann bleibt mir keine Wahl.« Er drehte sich zu Brandt um. »Es müssen zirka dreiundzwanzig Boote im Hafen liegen. Trommeln Sie so viel Todt-Leute wie möglich zusammen. Wir brauchen zwei bis drei pro Boot.«

Klare Sache. Ich hätte an seiner Stelle vielleicht genauso gehandelt. Fitzgerald begriff nicht gleich, was Radl plante. Als er es kapiert hatte, wurde er bleich. »Hat er das wirklich vor?« fragte er mich und packte mich beim Arm.

»Ich nehme es an«, sagte ich.

Ich glaube, es störte ihn am meisten, daß Radl auf so unfaire Weise gewann. Jeden Augenblick erwartete ich einen markanten Ausspruch von ihm, etwa: »Mann, wir sind doch nicht im Krieg«, oder dergleichen.

Den Gefallen tat er uns nicht. Er sah Radl nur müde an und sagte: »Okay, Sie haben gewonnen. Wir haben an fünf Booten Minen angebracht. Es bleibt uns aber nur eine halbe Stunde Zeit.«

Sie nahmen die beiden Kanus. In jedem ein Brandenburger und ein Ranger. Radl stand jetzt am Rand der Mole und beobachtete alles. »Wenigstens ein angenehmer Gedanke heute«, sagte ich zu Steiner. »Wenn eine losgeht, erwischt's uns alle. Ihn auch.«

»So hat eben alles Böse auch sein Gutes.«

Radl nahm eine lange, schwarze russische Zigarette aus einer Dose. Einer seiner Feldwebel schwänzelte sofort herbei und bot ihm Feuer. Radl blickte den Mann nicht einmal an, schlug mit einem Handschuh gegen den Schenkel und beobachtete die Vorgänge im Hafen.

»Jeder Zoll ein echter Soldat«, kommentierte ich leise.

»Beziehungsweise jeder Zoll, was er für soldatisch hält«, sagte Steiner. »1918 war er Infanterieunteroffizier, nachher bei der Eisenbahn; ihm bedeutet der Rang viel, die äußere Erscheinung. An den russischen Zigaretten soll man zum Beispiel erkennen, daß er an der Ostfront war. Aber er macht auch Fehler. Ein echter Gentleman und Offizier hätte dem Feldwebel für das Feuer gedankt. Und seine Uniform ist eine Spur zu perfekt. Bühnenreif, quasi. Wie er selbst. Mittelmäßiger Schauspieler in der falschen Rolle, würde ich sagen.«

»Dasselbe meint er vielleicht von Ihnen«, spöttelte ich. »Vielleicht mag er Sie deswegen nicht. Sie passen auch nicht zu Ihrer Rolle. Vermutlich muß er sich immer davor zurückhalten, Sie zuerst zu grüßen.«

»Er fürchtet, was er nicht verstehen kann«, antwortete Steiner. »Leuten wie ihm bedeutet die Partei alles. Sie ist alles, was er besitzt, je besessen hat.«

»Und was macht so einer nach dem Krieg? Was hat der für eine Zukunft vor sich?«

Steiner sah mich ernst an. »Gar keine, mein Freund. Das sollten Sie gut bedenken.«

Ich verstand. »Wann kommt der neue Gouverneur?«

»Kapitän Olbricht? Ich weiß es nicht. Übrigens ein richtiger Held. U-Boot-Kommandant. Wurde letztes Jahr schwer verwundet, kann nicht mehr aktiv mitmachen. Er soll mit einem bewaffneten Küstenschiff die Blockade durchbrechen. Munition und Nahrungsmittelnachschub bringen. Ein alter Kahn, die ›Hamburg‹.«

»Sind sie schon unterwegs?«

Er schüttelte den Kopf. »Die königliche Marine macht sich in unseren Gewässern recht unangenehm bemerkbar. Der Kapitän der ›Hamburg‹ ist ein alter Hase, ein gewisser Ritter. Ich kenn' ihn gut. Wartet meist auf Schlechtwetter als Tarnung.«

»Na, hoffentlich bleibt's die ganze nächste Woche schön.«

»Das hoffe ich auch für Sie.«

Er ließ mich stehen und ging zu Fitzgerald und den anderen, als das erste Kanu mit Minen zurückkehrte. Ich sah einen Augenblick hinüber, wandte mich dann um und schlurfte weg. Es passierte sowieso nichts. Niemand wurde ins Himmelreich gefeuert. Radl rief mir nach: »Schon genug, Herr Oberst?«

»Sozusagen. Ich gehe wieder rauf, wenn Sie nichts dagegen haben.«

»Natürlich nicht.«

Er lächelte und wandte sich fröhlich pfeifend zu den anderen um. Er sah zu den Leuten hinüber, die die Minen entschärften. Brandt folgte mir über die Treppe nach oben.

»Owen? Owen Morgan, bist du's wirlich?«

Paddy Riley, der Inselarzt, bahnte sich seinen Weg durch die Menge. Er mußte schon gut siebzig sein. Dieser großgewachsene weißhaarige Ire mit dem unordentlichen Bart, der seinen Heimatakzent nie verloren hatte. Er schüttelte heftig meine Hand, grinste von einem Ohr zum anderen und ließ mich dabei durch seinen Blick erkennen, daß er mehr wußte, als er sagen durfte.

Und dann wandte er sich um und rief: »Simone, ich hab' ihn.«
In einem alten Trenchcoat, ein Kopftuch über den Haaren,
kam sie aus der Menge mit ernstem Gesicht auf mich zu.
Hielt mir zögernd die Hand entgegen. »Hallo, Owen. Es tut
mir leid, dich so wiederzusehen.«

»Guten Morgen, Mademoiselle de Beaumarchais«, sagte
Radl, der inzwischen auch heraufgekommen war, und schlug
die Hacken vorschriftsmäßig zusammen.

»Simone und ich sind alte Freunde«, sagte ich.

»Tatsächlich?«

Es sah aus, als wollte sie jeden Augenblick in Tränen ausbrechen. Riley legte ihr den Arm um die Schultern. »Komm jetzt,
ich bring' dich ins Spital zurück. Du machst dir hier nur das
Herz schwer.«

Sie wandte sich wortlos um und ging weg. Riley sagte zu mir:
»Wenn ich irgendwas für dich tun kann, laß es mich wissen.
Ich bin hier der einzige Arzt, sie müssen nett zu mir sein. Außerdem bin ich immer noch irischer Staatsbürger, und daran
erinnere ich manche Leute gern und oft.«

Er machte eine Grimasse zu Radl und folgte Simone.

»Komische Leute, diese Iren. Regen sich immer über irgend
etwas auf.«

Ich gab keine Antwort; ein Motorradfahrer erschien mit
einer Botschaft für Radl. Ich wandte mich ab und sah Ezras
Blick auf mir. Ein Deutscher in Marineuniform war neben
ihm.

»Ezra!« rief ich. »Ezra Scully, alter Knabe, wie geht's dir denn?
Sind ja mindestens fünf Jahre her!«

Er spielte fabelhaft mit. Kam heran und schüttelte mir die
Hand. »Hab' schon gehört, daß du mit von der Partie bist,
Owen. Steiner hat mir's gesagt.«

»Ich dachte gar nicht, daß du noch hier sein würdest.«

»Tja, die brauchen doch einen Hafenlotsen. Darf ich dir Kapitän Warger vorstellen, unseren Hafenmeister! Viel zu tun hat
er ja nicht zur Zeit.«

Ich nickte Warger zu; er bestand darauf, mir die Hand zu
schütteln.

»Sehr erfreut, Colonel Morgan«, sagte er in präzisem, steifem Englisch. »Ich habe Ihren Namen schon auf dem Rettungsboot gelesen.«

»Meines Vaters Namen«, korrigierte ich ihn und wandte mich an Ezra. »Ist es noch da?« Er nickte ernst.

»Ja, im Bootshaus in Granville. Wir können's nicht rausholen, die Küste wurde vor ein paar Jahren bombardiert.«

Peinliches Schweigen. Plötzlich tauchte Fitzgerald oben an der Treppe auf. Er sah sehr müde aus.

»Alles in Ordnung?« fragte ihn Radl.

Fitzgerald nickte erschöpft. Gleich danach kamen auch die anderen von der Mole herauf. Rangers und Brandenburger gemeinsam, allen voran Steiner.

Radl betrachtete sie ruhig und wandte sich dann an Brandt: »Lassen Sie Oberst Morgan und seine Leute ins Fort zurückbringen. Geben Sie ihnen zu essen, und dann sollen sie arbeiten. Am besten vorläufig beim Straßenbau.«

Jetzt wußten wir genau, wie wir dran waren. Radl salutierte militärisch, ging zu seinem Mercedes und ließ sich wegfahren.

10

Der erste Tag beim Straßenbau war hart, vor allem für mich. Die Monate im Hospital und das Nichtstun in Cornwall forderten ihren Tribut. Ich befand mich in keiner besonderen körperlichen Verfassung, im Gegensatz zu Fitzgerald und seinen Leuten, denen zwölf Stunden mit Pickel und Schaufel nichts auszumachen schienen.

Unter den gegebenen Umständen waren alle bemerkenswert fröhlich, aus gutem Grund. Niemand von ihnen, auch Fitzgerald nicht, glaubte, daß die von Radl angedrohten Exekutionen durchgeführt würden. Der Krieg konnte jeden Tag zu Ende sein. Nur ein Verrückter würde zu diesem Zeitpunkt noch die Verantwortung für eine Tat übernehmen wollen, die sein eigenes sicheres Todesurteil bedeutete.

Nach dem, was ich bisher über Radl wußte, machte mich diese Beweisführung nicht gerade glücklich. Unsere einzige Chance lag eher darin, daß Olbricht, der neue Gouverneur, nie durch die Blockade nach St. Pierre durchdringen würde.

Flucht war natürlich auch eine Möglichkeit; wir hatten sie gründlich durchgesprochen. Aber im Moment standen die Chancen nicht sehr gut. Nicht nur wegen der Ketten und der dauernden Bewachung. Wo sollte man hin auf der Insel? Sie war so klein, niemand konnte sich hier lange versteckt halten. Überall gab es Artilleriestellungen, Maschinengewehrposten und Betonbunker aller Art. Die ganze Insel war im Grunde eine einzige Festung. Seit dem Überfall hatten sie die Wachen verdoppelt.

Also arbeiteten wir erst einmal und versuchten, das Beste aus unserer Lage zu machen. Warteten, daß etwas geschehen würde; jedenfalls tat ich das. Irgendein sechster Sinn sagte mir, daß bald etwas passieren müßte. Ich wartete, schnüffelte nach dem Wetter, sah oft zum Himmel hinauf, spürte einen leisen Druck hinter den Augen. Wie ein Tier, das ein Gewitter schon fühlt, ehe es noch über den Horizont heraufzieht.

Den ersten Frühlingstag kann man nicht nach dem Kalender bestimmen. Ein Tag folgt dem anderen, nichts ereignet sich, alle Welt wartet, und dann geschieht es.

Ein Morgen, wie ihn Gott im Traum erschaffen hat. Blauer Himmel, weiche Luft, Düfte und Naturstimmen ringsum, die man im langen Winter längst vergessen hatte.

St. Pierre ist einmalig im Frühling. Schneeige Weißdornhecken in den Senken, die Klippen mit Nelken und Ginster geschmückt in so strahlendem Gelb, Blaurosa und Weiß, daß einem die Kehle eng wird.

Am vierten Arbeitstag auf dem höchsten Grat der Insel, von dem wir fast das ganze Land überblickten, war ich froh, am Leben zu sein, teilzuhaben an all dieser Schönheit – auf eine ganz neue, beunruhigende Weise froh. Vielleicht waren es die Erinnerungen an meine Kindheit und Jugendzeit – Erinnerungen, die mich auffrischten, mir den anderen Owen Morgan zeigten, den es seit langem nicht mehr gab.

Ich schwang den Fünf-Kilo-Hammer hoch über meinen Kopf und ließ ihn mit aller Kraft nach unten sausen, daß der Stein vor mir in Stücke sprang. Ruhte mich dann einen Augenblick lang aus, wischte mir mit dem Handrücken den Schweiß von der Stirn.

Wir waren insgesamt dreißig; außer uns hauptsächlich Todt-Arbeiter und ein halbes Dutzend Pioniere mit Maschinenpistolen – uns zu Ehren, nicht wegen der Arbeiter, die bewachte man auf St. Pierre normalerweise nicht. Ein elender kleiner Haufen, mit zerfetzten Kleidern und so mager, daß ihnen die Haut über den Knochen spannte.

Auch die Pioniere sahen nicht besonders wohlgenährt aus. Seit der Landung der Alliierten in der Normandie waren Nahrungsmittel knapp auf der Insel. Ein Feldwebel befehligte die kleine Truppe, ein gewisser Braun. Er hatte mit zwei anderen bei Ezra Karten gespielt. Ob Ezra etwas über mich erzählt hatte, wußte ich nicht. Jedenfalls bemühte er sich, sehr freundlich zu sein, und alle seine Männer behandelten uns auch äußerst anständig.

Die Straße, an der wir arbeiteten, sollte dem Lauf eines alten Karrenweges zur Küste unterhalb des Forts Marie Louise folgen. Offensichtlich plante man, dort draußen noch eine schwere Geschützstellung zu bauen. Sie waren wirklich konsequent bis zum bitteren Ende, das mußte man ihnen lassen. Am späten Vormittag kam Steiner in einem Kübelwagen hinaus; in Uniform, den russischen Offiziersmantel darüber. Der Empfang, den Braun ihm gab, hätte für Radl nicht schöner sein können. Wenn auch Angehörige der Sondertruppen in Deutschland viel höheres Ansehen genossen als in anderen Ländern, die ich kannte, so war die ganz außergewöhnliche Achtung, die man Steiner überall erwies – auch seitens der Offiziere – sehr auffällig.

Er wies Braun einen Zettel vor; der nickte, und Steiner ging auf mich zu. »Herr Oberst, Sie sollen mit mir kommen.«

Fitzgerald wandte sich um, er lehnte auf seiner Schaufel,

runzelte mißbilligend die Stirn. Seine Leute hörten ebenfalls zu arbeiten auf. »Was gibt's?« wollte Fitzgerald wissen. Seine Stimme klang besorgt, und das nicht ohne Grund. Er mußte ja annehmen, daß man mich zu einem Verhör oder anderen Unannehmlichkeiten holte. Von meinem Treffen mit Simone und meinem besonderen Verhältnis zu Steiner wußte er nichts. Ich hatte ihm absichtlich nichts davon erzählt. Denn eines war mir in diesem Krieg ziemlich früh klargeworden: daß jeder seinen schwachen Punkt hat, an dem er zusammenbricht. In der Résistance hatten wir eine Hauptregel: »Was einer nicht weiß, kann er nicht ausplaudern.« Dadurch waren meines Wissens viele vor dem Tod durch Verrat bewahrt worden.

»Keine Angst, es passiert ihm nichts«, sagte Steiner. Ich wußte das ohnehin. Nickte Fitzgerald zu und beruhigte ihn auch: »Keine Sorge, ist bestimmt alles in Ordnung.«

Mühsam kletterte ich mit den gefesselten Beinen in den VW. Steiner setzte sich hinters Lenkrad, und wir fuhren los. Die Straße zur Teufelstreppe, die ich in der ersten Nacht entlanggeradelt war.

»Was ist nun wirklich los?« wollte ich wissen.

»Simone möchte Sie sprechen.«

Ich fühlte, wie mein Puls schneller schlug. »Wie haben Sie das fertiggebracht?«

Er nahm den Zettel aus der Tasche und reichte ihn mir. Darauf stand, daß ich Steiner übergeben werden sollte, um ihm mit meiner Kenntnis der Örtlichkeiten bei einer Strandkontrolle behilflich zu sein. Unterschrieben von Hauptmann Heinz Schellenberg vom 271. Pionierregiment.

»Ist das echt?« fragte ich zweifelnd.

»Sie müssen irgendwelche Arbeit für mich finden. Darum kontrolliere ich Tag für Tag die Verteidigungsanlagen an den Stränden und sehe nach, ob irgendwelche Brandungsschäden entstanden sind. Manchmal ist etwas zu tun, wofür nur Froschmänner in Frage kommen. Für solche Fälle wäre Ihre Auskunft über die Gezeiten besonders wertvoll. Das Meer ist hier ja sehr heimtückisch.«

Er brachte das alles mit ganz ernstem Gesicht vor. Ich fragte: »Und Schellenberg hat Ihnen das abgenommen?«

»Er arbeitete früher bei meinem Stiefvater«, antwortete Steiner gelassen. »Halb Deutschland arbeitet für meinen Stiefvater, schätzungsweise, und Schellenberg würde gern wieder für ihn arbeiten. Muß zugeben, daß ich so tue, als hätte ich diesbezüglich Einfluß.«

»Haben Sie den?«

Er lächelte. »Solange meine Mutter lebt, ja. Das einzige Zeichen von Geschmack, das mein Stiefvater je bewies, war, sich in meine Mutter zu verlieben. Er liebt sie noch heute und läßt deswegen auch mich gelten und meine exzentrischen Einfälle, wie zum Beispiel den Widerstand gegen eine Offizierslaufbahn. Mein Ritterkreuz hat ihn natürlich in höchstes Entzücken versetzt, besonders, als der Führer ihm ein persönliches Glückwunschschreiben schickte; ihm, nicht mir.«

»Der Krieg ist bald vorbei«, wandte ich ein. »Ihr Land verliert; was geschieht dann mit Ihrem Vater?«

»Gar nichts. Er hat mehrere Millionen Dollar auf verschiedenen Schweizer Banken. Außerdem ist er an Industrien in aller Welt beteiligt, auch in Großbritannien und den Vereinigten Staaten. Durch Tochtergesellschaften. Dem passiert nichts.«

»Sie sagen das alles sehr gelassen.«

»Warum nicht? Ich hab' es einmal schrecklich ernst genommen; war zwar nie ein Nazi – lachen Sie nicht –, aber ein Deutscher, und mein Land befand sich im Krieg. Ich habe einen Kompromiß mit mir selbst geschlossen, indem ich nur als gewöhnlicher Soldat mitspiele.«

»Töten, ohne die Verantwortung dafür zu haben«, kommentierte ich. »Auch ein Standpunkt.«

»Nicht der Ihre?« Er hob die Schultern. »Ist ja auch egal. Ich habe mich freiwillig zur Division Brandenburg gemeldet, weil die Sonderaufträge mir eine Lösung zu sein schienen. Man riskiert öfter das Leben. Überleben ist nicht ganz so sehr Glückssache. Verstehen Sie das?«

»Doch, ich verstehe es, bin ja genauso verrückt, wie Sie es offenbar sind.«

»Ich machte eine für mich äußerst überraschende Entdeckung«, sagte er. »Daß nämlich Menschen sterben, verwundet oder zu Krüppeln fürs Leben werden aus genau den gleichen Gründen, weshalb es manchem die vierzehn Tage Urlaub verregnet, für die er ein Jahr gespart hat, auf die er sich das ganze Jahr gefreut hat. Nämlich aus gar keinem besonderen Grund. Dinge passieren einfach, weil sie passieren. Ohne jeden Grund.«

»›Alles ist verrückt‹«, zitierte ich leise. »›Alles ist beim Teufel.‹ Ich glaube, Ihnen ist ein bißchen von der russischen Kälte ins Gehirn gekommen.«

Er sah plötzlich ganz verzweifelt aus. »Nicht nur ins Gehirn«, meinte er bitter. »Ins Herz, Morgan, und das bedeutet Tod bei lebendigem Leibe. Haben Sie schon einmal wandelnde Leichen gesehen? Ob einer von denen, die da draußen waren, Rußland je vergessen kann?«

Ein Schatten stand zwischen uns, der sich nicht vertreiben ließ. Wir fuhren schweigend weiter.

Seit jenem Tag ist die große Bucht für mich »Steiners Bucht« geworden.

Wie ein weißes Hufeisen schmiegte sie sich an jenem Mittag tief unter uns um das grünblaue Meer. Weit draußen glitzerten ein paar winzige Felsinseln in der Sonne. Die Algen an den flacheren Rändern glänzten vor Nässe, es war Ebbe.

Über einen schmalen Ziegenpfad ging es im Zickzack die Klippen hinunter. Kein Weg für Feiglinge. Vor einem Warnschild »Achtung Minen!« hatte Steiner den Wagen angehalten.

»Wohin jetzt?« fragte ich ihn.

»Steigen Sie nur aus, ich zeig's Ihnen schon.«

Die Sicht von oben war atemberaubend. Simone schwamm dort unten. Jedenfalls nahm ich an, daß sie es sei. Ich wandte mich um und zeigte auf das Warnschild. »Und was ist mit dem da?«

Steiner lächelte. »Der Offizier, der 1940 die Minen legen ließ, verliebte sich so sehr in diese Bucht, daß er es nicht über sich brachte, sie kaputtzumachen. Er ließ das Schild aufstellen und unten den Stacheldraht ziehen, damit es so aussah, als ob. Er ging jeden Morgen hier schwimmen und erzählte es eines Nachts Ezra bei einer Sauferei. Und von dem habe ich es wieder. Ezra ist übrigens auch mein Freund.«

Ich mußte unwillkürlich lachen. Er sah mich überrascht an. »Sehen Sie, so was bestärkt meinen Glauben an die Menschlichkeit. Steigen wir hinunter?«

Mühsam brachte ich meine Beine auf den Boden. Er kam von der anderen Seite ums Auto, zog einen Schlüssel hervor, kniete sich neben mich und sperrte die Eisen auf.

»Nehmen Sie die Dinger aber bitte mit«, sagte er ohne weitere Erklärung.

Er dachte nicht daran, mir das Ehrenwort abzunehmen, keinen Fluchtversuch zu unternehmen. Hätte es vermutlich als Beleidigung angesehen. Das gefiel mir an ihm. Er gefiel mir überhaupt sehr.

Zu meiner Zeit hatte man an den gefährlichen Stellen für die Touristen Betontreppen angelegt. Selbst diese Stufen waren jetzt halb zerfallen, teilweise existierte der Pfad gar nicht mehr. Wir mußten beim Klettern unheimlich aufpassen.

Möwen kreischten hoch oben, sie stiegen und fielen in Schwärmen um ihre Nistplätze an den Klippenvorsprüngen. Unter uns kochte die Brandung, wie weißer Rauch sah die Gischt aus. Simone trug einen schwarzen Badeanzug. Mit der engen Kappe über den langen Haaren kam sie mir in den hohen Wellen wie ein legendäres Meeresgeschöpf vor, halb Seehund, halb Frau.

»Schönes Mädchen, was?« hörte ich Steiner hinter mir.

Ich drehte mich um. »Sie lieben sie?«

»Natürlich. Wie könnte ich anders?«

»Und Simone?«

»Ich glaube, sie läßt sich zu sehr von alten Gefühlen binden.« Er lächelte. »Aber das ist vielleicht nur ein Vorurteil von mir.«

»Milde gesagt«, meinte ich und kletterte weiter hinunter.
Eigentlich hätte ich mich ärgern sollen, aber ich mochte diesen Mann. Und was wollte Simone? Woran lag ihr am meisten?
Die letzten Meter zum Strand sprang ich einfach hinunter und ging ihr dann über den weichen Sand entgegen. Mit einer Riesenwelle ließ sie sich hereintragen, den Kopf nach unten, die Arme weit vorgestreckt. Einen Augenblick lang verschwand sie im Schaum; als er zurückwich, lag sie auf dem Sand, sprang dann lachend auf und rannte landein, ehe die nächste Woge sie erwischen konnte. Riß sich die Bademütze vom Kopf, daß ihr die dunklen Haare wie ein Vorhang ums Gesicht fielen. Bei meinem Anblick blieb sie kurz stehen, lächelte dann und kam mir mit ausgestreckter Hand entgegen. »Owen, wie schön, dich wiederzusehen.«
Ihre Worte klangen sehr herzlich, aber als ich sie ganz zart auf die Stirn küßte, spürte ich, wie sie leicht zusammenzuckte.
Sie holte ihren alten Bademantel von einem Felsen, zog ihn über und fing an, sich die Beine abzutrocknen.
»Hat es Manfred also doch geschafft.«
»Er scheint großen Einfluß zu haben«, sagte ich.
Sie nickte. »Meistens, aber diesmal war ich nicht sicher. Dachte, Radl würde Schwierigkeiten machen.«
»Soviel ich weiß, ahnt er gar nichts davon.« Ich drehte mich um, suchte Steiner. »Wo ist er?«
»Holt seine Malsachen aus einer Höhle. Er hat immer eine Staffelei hier.«
»Er malt viel.«
»Besonders hier. Er liebt diese Bucht.«
»Und anderes auch.«
Ihr Gesicht verdunkelte sich. Sie blickte mich unsicher an, fast verzweifelt. Meine gute alte Zigarettenbüchse rettete die Situation, wie schon so oft. Drei Stück hatte ich noch drinnen. Ich hielt sie ihr entgegen.
Sie sah hinein und schüttelte den Kopf. »Ich teile eine mit dir.«

Um so schöner. Steiner tauchte hinter den großen Felsbrokken am Fuße der Klippen auf. Mit Staffelei und einer Holzkiste. Ich sah ihm zu, wie er alles aufstellte, und spürte plötzlich Sehnsucht, Sehnsucht nach Mary Barton und der Bucht am Lizzard Point. Die liebe Mary. Was sie wohl jetzt gerade tat? Heulte vermutlich wegen Owen Morgan. Henry hatte ihr sicher traurige Nachrichten gebracht.

Simone nahm die Zigarette, inhalierte und gab sie mir zurück. »Ist es sehr schlimm, Owen?«

»Beim Straßenbau?« Ich schüttelte den Kopf. »Die Bewacher sind sehr anständig zu uns. Heute hat Braun das Kommando. Er wechselt sich mit Schmidt ab. Freunde von Ezra.«

Sie lächelte. »Ja, ich weiß. Sie sind schon vier Jahre hier.«

Und dann schwiegen wir beide. Ich lag auf dem Rücken und sah zum wolkenlosen Himmel auf. Rauchte meine Zigarette weiter. Nach einer Weile sagte sie zögernd: »Weißt du, daß bestimmt alles gutgehen wird?«

»Tatsächlich?«

»Ja, bestimmt«, wiederholte sie eifrig. »Manfred sagt, daß Radl sich genau an seine Befehle hält. Was drinsteht, tut er, was nicht drinsteht . . .«

»Ein tröstlicher Gedanke.«

Das klang vielleicht etwas skeptisch. Sie ließ sich neben mir in den Sand fallen. »Nur der Kommandant einer Region kann den Kommandobefehl durchführen. Im BBC sagen sie, daß der Krieg jeden Tag zu Ende sein könnte. Die Russen sind in den Berliner Vorstädten. Olbricht wird nicht mehr hierherkommen.«

»Sagt Steiner, nicht wahr?«

Offensichtlich war sie fest entschlossen, meinen Pessimismus zu besiegen. »Und selbst wenn Olbricht hierherkäme, würde er zu diesem Zeitpunkt keine Exekution mehr anordnen. Das wäre undenkbar.«

»Ich nehme an, das hast du auch von Steiner.«

Sie schlug blindlings auf mich ein. Ich mußte sie bei den Handgelenken packen. »Verdammt noch mal!« tobte sie.

War zum erstenmal wieder das Mädchen, das ich vor dem Krieg gekannt hatte. »Verdammter Kerl. Warum mußtest du auf diese Weise zurückkommen? Hättest du nicht warten können?«

»Du meinst, warum ich überhaupt zurückgekommen bin.«
Ich war aufgesprungen und hatte sie mit mir hochgezogen. Schüttelte sie zornig. »Du liebst ihn, was? Sei doch wenigstens ehrlich!«

Sie starrte mir ins Gesicht. Ich hörte Steiner etwas rufen, dann lachte sie wild auf. »Na schön, wenn du die Wahrheit hören willst, ich liebe Manfred, und ich habe Angst vor dir – vor dir und deinem verfluchten Messer. Vor dem, der du geworden bist. Ich denke an die zwei armen Wachsoldaten, die du getötet hast, und spüre, daß ich dich hasse. Und dann sehe ich dich, höre deine Stimme und erinnere mich an so vieles, und die Liebe kommt wieder hoch durch alle Furcht und allen Haß.« Sie weinte. »Ja, ich liebe dich noch, kann meiner Liebe nicht entgehen. Ich liebe dich und Manfred. Und was soll ich jetzt tun?«

Sie wandte sich um, rannte zum Pfad. Wich Steiners ausgestreckter Hand aus. Während sie hinaufkletterte, kam er zu mir. »Was war denn los?«

»Was wird wohl los gewesen sein?«

Er verzog das Gesicht und sah zum erstenmal aus, als könne er zornig werden. Ich hob die Hand und seufzte.

»Entschuldigen Sie bitte. Sie hatten es gut gemeint. Was hatten Sie eigentlich vor? Das größte Opfer Ihres Lebens zu bringen?«

»Ja, so ähnlich.« Er lächelte knapp, wurde aber gleich wieder ernst. »Warum hat sie sich so aufgeregt?«

»Weil sie drauf gekommen ist, daß sie zwei Männer zugleich liebt.«

»Und Sie glauben das?«

»Sie glaubt's, und darauf kommt es doch an. Sie liebt Sie und mich zugleich. Und – falls Sie das kapieren können – sie hat auch Angst vor mir. Vor mir und meinem Messer.«

Er sah mich fast amüsiert an und erleichtert. »Aha, ich verstehe.«

»Wenn Sie das verstehen, sind Sie klüger als ich«, sagte ich verärgert und ging zu seiner Staffelei.

Auch dieses Landschaftsbild erinnerte mich sehr an die Werke meines Vaters. Es war ganz in Farbe angelegt, ohne Kohle oder Bleistiftskizze darunter. Alle Töne gingen ineinander über. Vor allem das Meer war ihm wunderbar gelungen. Ein Bild, das wirkliches Empfinden ausstrahlte.

»Dieses Ineinanderfließen mag ich sehr«, sagte ich. »Sie haben alle Weißschattierungen der Brandung eingefangen, das können nur wenige. Mein Vater hat einmal bei einem Hafenbild die gleiche Technik angewendet. Ich glaube, Simones Vater kaufte es.«

»Ja, es hängt noch immer im Arbeitszimmer der Seigneurie«, antwortete er. »Patrick Riley benützt es jetzt als Büro. Das Bild habe ich oft studiert. Ich glaube, ich habe daraus mehr Aquarelltechnik gelernt als während meiner ganzen Studienzeit in London und Paris. Ihr Vater war ein echter Meister. Ein ganz großer Meister.«

Er setzte sich wieder an die Staffelei, ich lag in der Sonne daneben. Wir sprachen weiter über meinen Vater, über Malerei und Kunst im allgemeinen, über Frauen und über so gut wie alle Dinge, die es noch dazwischen gibt.

Ein Gespräch dieser Art hatte ich schon jahrelang nicht mehr geführt; in meinem Arbeitsgebiet waren ja enge menschliche Kontakte unerwünscht. Nach einer Weile verebbte unser Gespräch, ich schlief langsam ein.

Hoch über mir kreischte eine Möwe, schrill und eindringlich. Ich setzte mich erschrocken auf, konnte Steiner nirgends erblicken. Hatte einen Augenblick lang das merkwürdige Gefühl, es sei alles ein Traum gewesen. Aber dann sah ich ihn aus der Höhle hinter den Felsen kommen, er hatte nur seine Utensilien weggebracht. »Ach, Sie sind schon wach? Wir müssen jetzt gehen.«

»Danke für die Einladung«, sagte ich. »Es tat gut, mit Ihnen zu sprechen. Und was das andere betrifft: Sie haben es gut gemeint, lassen wir es dabei bewenden.«

Er gab keine Antwort, das heißt, ich ließ ihm gar keine Möglichkeit dazu, wandte mich um und kletterte den Pfad hinauf. Verdammt schwierige Sache, aber ich merkte es kaum, war ganz in Gedanken. Gedanken über Steiner, den ich wirklich mochte, und über Simone, die ich wirklich noch liebte. Einfach eine unmögliche Situation für uns drei. Als ich über den Klippenrand spähte, fuhr gerade ein Mercedes-Dienstwagen vom nahen Hügel herunter, hielt auf den Kübelwagen zu. Steiner war noch ein paar Meter unter mir. Ich duckte mich und rutschte zu ihm hinunter.

Die Fußeisen hingen an meinem Gürtel. Ich löste sie schnell. »Legen Sie mir die Dinger rasch an«, sagte ich hastig. »Radl ist eben angekommen. Höchste Eile!«

Gemeinsam hatten wir das Werk in Sekundenschnelle erledigt, er sperrte sie zu. Ich stand auf und hatte kaum zu klettern begonnen, als Radl schon am Klippenrand erschien. Mit zwei SS-Leuten als Leibwache, wie üblich, und dazu noch Schellenberg im Schlepptau, der sehr besorgt dreinsah.

»Guten Morgen, Radl«, rief ich fröhlich hinauf.

Er beachtete mich gar nicht und fuhr Steiner zornig an: »Was soll das heißen? Ich hab' beim Straßenbautrupp Kontrolle gemacht und hörte, daß Oberst Morgan Ihnen übergeben wurde!«

»Meine Güte, ist das scheußlich, mit diesen verdammten Eisen zu klettern«, schnaufte ich.

Radl ignorierte mich noch immer. Steiner antwortete ganz ruhig: »Ich habe eine Bewilligung von Hauptmann Schellenberg dazu.«

Schellenberg, ein grauhaariger älterer Mann mit schmalem bebrilltem Gesicht, sah aus, als wäre er vor dem Krieg Büroleiter gewesen. Ich konnte mir gut vorstellen, wie er zitternd und ängstlich an seinem Pult stand, wenn Steiners Vater seinen Rundgang machte. Genauso zitternd und ängstlich wie jetzt.

»Herr Steiner hat mir gesagt, daß er Oberst Morgan wegen seiner Ortskenntnisse dringend benötigt.« Er schluckte angestrengt. Vielleicht wurde ihm erst jetzt bewußt, wie dürftig die Geschichte klang. »Es handelt sich um die Verteidigungsanlagen an den Stränden.«

»In dieser Bucht ist nämlich bei Flut eine sehr starke Strömung«, erklärte Steiner unbekümmert. »Sie hat im Laufe der Jahre so gut wie alle Minen abgeschwemmt, aber sie müssen noch irgendwo stecken. Bald kommen die Frühjahrsstürme, dann wird die Situation noch schlimmer.«

»Man muß tatsächlich genau wissen, wo die Strömung verläuft«, mischte ich mich ein. »Sie macht einen Bogen in der Bucht und geht mit sehr starkem Druck wieder nach draußen. Als Jungen fanden wir dort bei Ebbe immer riesige Austernbänke. Vermutlich gibt es jetzt dort mehr Minen als Austern.«

»Sie helfen dem Feind, Oberst Morgan. Merkwürdiges Verhalten für einen britischen Offizier.«

»Keineswegs. Ich habe mich bereit erklärt, Steiner aus menschlichen Gründen zu helfen. Der Krieg ist nämlich bald zu Ende, Standartenführer, falls Sie das noch nicht bemerkt haben sollten, und die Minen bilden dann eine Bedrohung für alle.«

Unheilvolles Schweigen folgte. Einen Augenblick lang stand alles auf der Kippe. Als er unsere Erklärung dann doch akzeptierte, konnte ich es gar nicht glauben. Denn er wußte bestimmt, daß wir logen und die Wahrheit ganz woanders lag. Aber er verfolgte irgendwelche eigenen Ziele, die mit mir nichts zu tun hatten, eher mit Steiner.

»Sehr anständig von Ihnen, Oberst Morgan.« Radl nickte mir zu und sagte dann zu Steiner: »Wenn Sie hier fertig sind, stellen Sie den Oberst an den Straßenbautrupp zurück.« Er ging zu seinem Wagen, blieb unterwegs noch einmal stehen und wandte sich zu mir. »Die Leute haben inzwischen Mittagspause gemacht. Pech für Sie, Herr Oberst.«

Das schien ihm sehr komisch vorzukommen. Noch während er ins Auto einstieg, lachte er darüber.

Steiner meinte leise: »Der Mann macht mir langsam Sorgen.«

»Was spielt er eigentlich? Er hat uns doch offensichtlich die Geschichte keine Sekunde lang geglaubt.«

»Es geht gegen mich«, sagte Steiner. »Er möchte mich aufs Rad flechten, mich richtig drankriegen. Auf ganz besondere Weise.«

»Und wird ihm das gelingen?«

Steiner lächelte und sah dabei so gefährlich aus, wie ich noch selten einen Mann erlebt hatte.

»Den Tag würde er nicht vergessen. Den nicht, mein lieber Morgan.«

Er zog mein Messer aus der Tasche, ließ die Klinge hervorschnappen, betrachtete sie kurz und schoß mir das Messer genau vor den Füßen in den Boden. Ich zog es heraus. »Wollen Sie mir das wirklich wiedergeben? Es könnte ein Zeitpunkt kommen, wo ich es brauchen könnte.«

Steiner schien mir gar nicht zuzuhören. Er sah zum Himmel auf, schüttelte sich und sagte: »Schlechtwetter im Anzug. Ich spüre es in den Knochen.«

»Die berühmten Frühlingsstürme?« fragte ich grinsend.

Diesmal lächelte er nicht. Ein leichter Wind fuhr durchs Gras. Auch mir war plötzlich kalt, durch und durch kalt. Er wandte sich um, ging zum Auto. Ich folgte ihm schweigend.

11

Wenn ich es mir heute so überlege, meine ich, daß weder ich Fitzgerald haßte noch daß er etwas gegen mich hatte. Die Sache war wohl ein bißchen komplizierter. Oder schlicht und einfach gesagt: Er verstand mich nicht. Meine Herkunft, meine Lebensanschauung, meine Ansichten vom Krieg – es war ihm alles absolut fremd. Wir hatten keine gemeinsame Basis.

Was ich schade fand, denn seine ostentative kalte Höflichkeit verstärkte sich von Tag zu Tag. Gefangen in einer Welt, die er nicht verstand, betrachtete er dies vielleicht als eine Art Märtyrertum. Sprach mich stets mit vollem Rang an, richtete sich in allem nach meiner Meinung, selbst in den unwichtigsten Dingen. Hagen und Wallace wußten zwar nicht, was los war, aber sie machten es ihm nach – für mich nicht gerade angenehm.

Mit Grant lag die Sache viel einfacher. Er haßte mich noch immer wegen des Vorfalls bei unserer ersten Begegnung, schien außerdem kleine Männer zu verachten – bei Leuten seines Schlages kommt das häufig vor.

Auch die Tatsache, daß wir in den folgenden Tagen öfters mit Steiner und seinen Brandenburgern zusammenarbeiteten, verbesserte die Lage nicht. Denn Steiner sprach jedesmal privat mit mir, und Fitzgerald schien das mißtrauisch zu machen. Nein, vielleicht nicht einmal das. Eher könnte man sagen, daß er es nicht richtig fand. Die Geschichte neulich auf der Mole war rein impulsiv geschehen, und er bedauerte sie im nachhinein wohl zutiefst. Allerdings hatte Radl daran schuld. Die Erpressung mit den Arbeitern war Fitzgerald zu sehr gegen den Strich gegangen, widersprach sie doch völlig seiner Lebenseinstellung.

Seine Haltung mir gegenüber bedeutete im Grunde vielleicht nur eine Art Rückzug aus der ganzen unerfreulichen Situation. Das Ganze hier hatte nur noch wenig Ähnlichkeit mit seinem Begriff von Krieg. Zum erstenmal hatte er seine dunkleren Aspekte kennengelernt und sich prompt zurückgezogen. Wollte nichts davon wissen und war wohl darum gleich wieder voll da, als er eine Herausforderung spürte, die seinem Wesen entsprach.

Steiners exponierte Stellung unter den Deutschen wurde mir immer deutlicher. Bei einigen – wohl eher den Offizieren – hatte der Name seines Stiefvaters die übliche Zauberwirkung. Bei den anderen war es einfach die Persönlichkeit dieses Menschen, seine legendäre Tapferkeit und auch die legere Art – wie etwa das Seidentuch um den Hals, mit dem er das Ritterkreuz verdeckte.

Wenn ich mich mit den Pionieren deutsch unterhielt, mit Braun und Schmidt, die mir die greulichen französischen Eigenbauzigaretten von Ezra brachten, spürte ich noch andere Gründe für diese Achtung vor Steiner. Die Leute hatten das »Nigger«-Projekt miterlebt. Sahen Steiner und seine Männer immer wieder auf den unglaublichen selbstgebastelten Dingern hinausbrausen. Bemerkten auch, wie die Gruppe von Tag zu Tag kleiner wurde. Mut steht eben doch noch in hohem Ansehen.

Genau das störte wohl Radl – oder er mochte Steiner überhaupt nicht. Vielleicht ging es ihm gegen seinen Sinn für Ordnung, für das, was sich gehört. Ein Mann, der von Rechts wegen Offizier hätte werden sollen und sich dagegen sträubte – freiwillig gewöhnlicher Soldat blieb. Männer wie Steiner durfte es beim Militär einfach nicht geben.

Während wir mit Steiner und seinen Männern arbeiteten, erschien Radl mehrmals in seinem Mercedes, stets von bis an die Zähne bewaffneten Leibwachen begleitet. Rief meistens Steiner zu sich und fragte nach dem Stand der Dinge. Hinter den konventionellen Floskeln spürte man die Spannung zwischen den beiden.

Zu einem deutlichen Höhepunkt kam es am ersten Mai. Keiner von uns ahnte, wie nahe das Ende des Krieges bevorstand, wenn auch das meiste über die Entwicklung auf dem Kontinent fast jedem bekannt war, und nicht nur dank Ezras illegalem Radio. Die deutschen Funker neben der Platzkommandantur in Charlottestown trugen ein gerüttelt Teil dazu bei, obwohl es zu jener Zeit unter Todesstrafe stand, Feindsender zu hören oder deren Nachrichten zu verbreiten.

Trotzdem ging auf St. Pierre alles seinen gewohnten Gang. Man baute weiter an den Befestigungen und legte weiter Minen wie auch auf den übrigen Kanalinseln, da der Oberbefehlshaber dieser Inseln nach wie vor beabsichtigte, den Kampf auch dann fortzusetzen, wenn in Europa bereits Schluß war.

Wie gesagt, am ersten Mai – einem Dienstag, soviel ich mich erinnere – geschah etwas. Man brachte uns nach Granville, wo wir unterhalb der Rettungsboot-Station arbeiten sollten. Etwa zwanzig Todt-Leute befanden sich schon dort, nachher kamen noch Steiner und seine Brandenburger. Unterhalb des Bootshauses waren Bombenschäden, auch an der Bootspiste zum Wasser, wie mir Ezra in jener ersten Nacht berichtet hatte. Wir sollten jetzt den Boden so einebnen, daß man daneben eine zweite Hütte errichten konnte.

Die Brandenburger arbeiteten auf der anderen Seite des Stacheldrahtzaunes – sie legten weitere Minen, obwohl der Strand hier bereits die reinste Todesfalle war. Kein Wunder, denn es handelte sich um eine der wenigen Stellen, an denen man von Landungsbooten aus direkt mit Landefahrzeugen ans Ufer gelangen konnte.

Einer der Todt-Arbeiter schlug als erster Alarm – er schrie, ich blickte auf und erkannte etwa hundert Meter weit draußen einen Menschen, der hilflos in einer aufgeblasenen Rettungsweste dahintrieb. Die Flut hatte jetzt eine Geschwindigkeit von gut fünf Knoten erreicht, der Schiffbrüchige war offensichtlich um die Landspitze hereingeschwemmt worden. Von Granville aus konnte man ihm wegen der Verteidigungsanlagen nicht helfen, falls er auf der anderen Seite der Bucht wieder hinausgespült wurde, was sehr wahrscheinlich war. Rasche Hilfe tat not. Ezra hörte den Lärm und kam aus seiner Hütte.

Mit einem Blick hatte er die Situation erfaßt und sagte zu Steiner, daß man mit dem Lotsenboot von Charlottestown die Rettung versuchen müsse. »Ich brauche aber Hilfe«, meinte er. »Jemand muß mich rasch im Kübelwagen rüberfahren, und ein paar Jungens brauche ich fürs Boot.«

Steiner rief Lanz und Schreiber herbei, aber ehe er ihnen noch Instruktionen geben konnte, tauchte der Mercedes in der engen Straße auf und blieb neben dem Bootshaus stehen. Radl stieg aus und sah auch zu dem Unglückseligen in der Bucht hinaus. »Wer ist das?«

»Ich weiß es nicht«, antwortete Steiner, »vermutlich ein Flieger. Scheint eine Fliegerjacke zu tragen. Ich schicke Lanz und Schreiber mit Scully zum Lotsenboot rüber.«

»Es ist zum Verzweifeln mit Ihnen«, seufzte Radl. »Wie oft muß ich Ihnen noch sagen, daß meine Zuständigkeit nur bis zum Hafen reicht? Alles, was weiter draußen passiert, geht ausschließlich die Marine an.«

Theoretisch befand er sich natürlich im Recht, aber eine so

unglaubliche Einstellung war nicht nur auf militärisch-starres Denken zurückzuführen. Andererseits schien mir aber, als sei es auch nicht »Blutrünstigkeit«: Im Grunde ging es ihm nur darum, Steiner eins auszuwischen, ihn aufzustacheln zu irgendwelchen Taten – Taten, die ihn dann teuer zu stehen kamen.

Steiner sagte ganz ruhig: »Wenn ich Sie höflichst daran erinnern dürfte – das ›Nigger‹-Projekt untersteht direkt dem Befehl der Kriegsmarine West.«

»Mein lieber Steiner – das ›Nigger‹-Projekt gibt es schon längst nicht mehr. Sie und Ihre Leute sind wieder stinknormale Soldaten. Das verfängt bei mir nicht.«

Drückendes Schweigen. Keiner sprach, und dann hörte ich Hagen Fitzgerald zuflüstern: »Was ist denn bloß los? Will denn keiner was für den armen Teufel tun?«

Fitzgerald antwortete ihm gar nicht und trat zu mir. Ganz blaß war er, sein Blick starr und wütend zugleich. Die Sache bewegte ihn sichtlich sehr. »Können Sie denn nichts tun? Sie haben doch sonst immer ziemlich viel Einfluß hier, wie mir scheint.«

Das war seine erste Bemerkung in dieser Richtung.

»Was schlagen Sie vor?« fragte ich zurück.

Ich glaube, in jenem Augenblick haßte er mich. Einen Augenblick lang erwartete ich fast einen Schlag, aber mit Faust und Stiefel hatte er wohl nie gekämpft. Er wandte sich brüsk um und schlurfte auf Radl zu. In der Eile machte er zu lange Schritte und wäre beinahe der Länge nach hingefallen.

»Standartenführer«, sagte er in korrektem Deutsch, »ich warne Sie! Ich werde Ihr Verhalten bei der ersten Gelegenheit den zuständigen Stellen anzeigen!«

Radl ignorierte ihn, ging vorbei, als existiere er nicht, nahm seine Zigaretten heraus, wählte bedächtig eine aus, steckte sie zwischen die Lippen und sah zu Steiner hinüber. Der zog sein altes Feuerzeug hervor, das aus einer Munitionshülse gebastelt war, und gab ihm Feuer.

»Danke, Steiner.«

Immer noch kein Laut – nur der Wind sang zwischen den

Drähten. Graue, dickgeschwollene Regenwolken zogen rasch landeinwärts. Der Mann im Wasser trieb ebenfalls rasch dahin, war bereits in der Strömung, die ihn wieder aus der Bucht spülen würde. Und dann änderte sich plötzlich seine Richtung. Er wurde in großem Bogen aufs Ufer zugetragen.

Jemand schrie auf – wohl wieder einer der Arbeiter –, und alle schienen gleichzeitig den Atem anzuhalten. Brandung herrschte fast keine mehr, der hilflose Körper trieb in der Strömung weiter, bis er etwa fünfzig Meter vor uns an Land geworfen wurde.

Steiner hatte recht gehabt: Es war ein Flieger – man sah jetzt die Stiefel und die Pelzjacke. Er lag mit dem Gesicht nach unten im flachen Wasser, wurde dann auf den Rücken gedreht.

»Na, sehen Sie, Steiner«, sagte Radl. »Die Hand Gottes. Jetzt geht er uns wirklich was an.«

Aber wie sollten wir an ihn herankommen – über die Todesstrecke hinweg? Ich dachte an den kalten Morgen in der Hufeisenbucht.

»Was befehlen Sie?« fragte Steiner.

»Mein lieber Steiner« – Radl zog überrascht die Augenbrauen hoch –, »das ist doch wohl Ihr Spezialgebiet! Ich würde mich nicht vermessen, Ihnen dabei Ratschläge zu erteilen.« Er hob die Schultern.

»Natürlich könnte ich an dieser Stelle nicht zulassen, daß das Abwehrsystem durchbrochen wird wie damals beim Hufeisen. Verstanden?«

»Jawohl, verstanden.« Steiner schlug militärisch die Hacken aneinander.

Radl salutierte gelangweilt-flau, und Steiner ging zu seinen Kameraden, die in einer Gruppe beieinander standen. Sie besprachen sich kurz und fingen gleich darauf an, den Pfad zu erweitern, den sie vorher beim Minenlegen zwischen den Drähten freigelegt hatten. Steiner drehte sich um und kam zu Ezra und mir zurück.

»Hier gibt es ein anderes Problem als beim Hufeisen.

115

Durch den Draht kommt man an dieser Stelle leicht – der ver-
minte Sand ist das große Problem.«

»Er will, daß du dich opferst«, hörte ich Ezra flüstern. »Tu's
nicht!«

Steiner lächelte – kaum merkbar und so ironisch wie meist.

»Ich kann nur nach seinen Bedingungen gewinnen oder verlieren«, sagte er. »Sie verstehen, was ich meine, Owen?«

Ich nickte. »Ja. Und was soll ich dabei tun?«

»Falls ich draufgehe, sorgen Sie dafür, daß er auch dran glauben muß. Versprechen Sie mir das?«

»Gern, und noch mehr«, erwiderte ich. »Mit meinen eigenen
Händen bringe ich ihn um, das verspreche ich.«

»Und liebe Grüße an Simone.«

Er machte auf dem Absatz kehrt und ging zum Drahtzaun.
Seine Kameraden waren schon fast durch. Lanz schnitt eben
den letzten Teil auf und rollte den Draht zurück. Gut sieben
Meter lang und einen Meter breit war der Durchgang, man
konnte ungehindert zum Strand.

Was hatte Steiner vor? Das fragte sich in dem Augenblick
wohl jeder von uns. Und als er's dann tat, war es zuerst so
unglaublich, daß die lastende Stille weiter anhielt.

Steiner entzündete sich eine Zigarette, nahm ein paar tiefe
Züge, warf sie weg und marschierte danach so ruhig zum
Strand, als mache er einen Sonntagsspaziergang im Park. Unwillkürlich keuchten einige vor Entsetzen, Schreckens-
schreie in verschiedenen Sprachen waren zu hören, und dann
herrschte wieder, wie auf Vereinbarung, absolute Stille.

Er ging ohne zu zögern weiter. Ezra packte mich beim Arm.
»Mein Gott, Owen. Da müßte ja ein Wunder . . .«

»O nein«, sagte ich ruhig, »nur Glück muß er haben.«

Und er *würde* Glück haben, das spürte ich erschauernd, hatte
eine eigenartige Vorahnung, daß er überleben würde. Wie
wir alle, weil noch Größeres, Wichtigeres unserer harrte.

Kein Laut war mehr zu hören, bis er das Wasser erreicht
hatte. Er ließ sich neben dem Flieger auf die Knie nieder. Hinter mir erklang ein Schluchzen – ich wandte mich um und
sah, wie sich Hagen schwitzend bekreuzigte.

»Nur nicht so hastig, Kleiner«, sagte Grant. »Er muß auch noch zurückkommen.«

Steiner hatte sich den Flieger über die Schulter gelegt – im Feuerwehrgriff – und wandte sich zu uns zurück. Auf die Entfernung konnte ich seinen Gesichtsausdruck nicht erkennen, ihn mir aber lebhaft vorstellen. Ich blickte zu Radl hinüber, der ironisch lächelnd dastand, schlurfte dann mit meinen Fesseln zum Draht vor und hob die Hände an den Mund. »Manfred – come on!« rief ich. »That was a Royal Flush!«

Er ging los, sehr langsam unter dem Gewicht des Bewußtlosen. Tief sanken seine Füße in dem losen Sand ein. Hinter mir drängten sich nach und nach Soldaten, Arbeiter, Rangers und Brandenburger, alle bunt durcheinander. Nicht mehr schweigend, sondern aufgeregt flüsternd.

Irgendwo hörte man ein Auto, ich blickte mich jedoch nicht um. Bewegung kam in die Gruppe hinter mir, und dann sagte Paddy Riley: »Heilige Mutter Gottes!« – aus tiefstem Herzen!

Und plötzlich stand Simone neben mir, packte mich beim Arm. Ihr Gesicht war totenblaß. »Von der Batterie drüben hat jemand im Lazarett angerufen. Wir sind mit dem Ambulanzwagen da.«

»Durchlassen, verdammt noch mal!« brüllte Paddy jetzt. Die Menge machte den Bahrenträgern eine Gasse frei.

Steiner war keine zwanzig Meter mehr von uns entfernt. Er stoppte plötzlich, sah wie ausdruckslos vor sich hin und hielt den rechten Fuß hoch. Kein Wunder: Als der Sand seitwärts rutschte, erkannten wir die Mine darunter. Irgend jemand bei uns brüllte vor Schrecken auf, dann brach Panik aus. Einige rannten weg, andere warfen sich auf den Boden aus Angst vor der Explosion, die jeden Moment erfolgen konnte.

Und die ausblieb. Steiner balancierte weiter auf einem Fuß – völlig konzentriert stand er da. Ich schob Simone zur Seite und ging zu ihm – schlurfte wie ein Schloßgeist in Ketten, besser gesagt.

Er lächelte mir entgegen. »Haben Sie's also doch kapiert.«

Ich kniete mich hin – schwierig genug mit meinen Fesseln – und kratzte ganz vorsichtig die Sandreste von der Mine. Dann hob ich sie heraus und legte sie ebenso vorsichtig auf die Seite.

»Ganz schön kaltblütig«, sagte er nur.

Ich schüttelte den Kopf. »Keineswegs. Ich möchte ganz gern noch ein bißchen weiterleben, aber ich kann auch sterben, wenn's sein muß. Es ist etwas anderes. Irgendwas liegt in der Luft – weiß der Himmel, was das sein mag.«

Ein paar schwere Tropfen fielen aus den grauen Wolken, ich stand auf und ging Steiner voran durch die Schneise im Drahtzaun. Die Menge dahinter brüllte, daß man es wohl bis Charlottestown gehört haben muß. Wieder machten sie Platz. Steiner übergab den Mann den Sanitätern. Er war immer noch bewußtlos; kaum zwanzig Jahre alt wohl. Hatte mehrere offene Schußwunden im Bein und völlig blutdurchtränkte Kleidung.

Riley schaffte abermals mit Gebrüll einen Weg für die Bahre: Rücksichtslos schob er alle, die im Weg standen, zur Seite. Simone legte ihre Hand auf Steiners Arm. Es sah aus, als würde sie jeden Moment in Tränen ausbrechen.

»Ich weiß schon«, sagte er leise zu ihr. »Aber nicht jetzt. Dr. Riley braucht dich. Später kannst du mir dann berichten, wie es dem Jungen geht.«

Sie lief zum Ambulanzwagen, verlor sich in der Menge, die Steiner umringte. Mich hatte man vergessen, und das war auch in Ordnung so. Es war seine Show. Die SS-Leute bahnten ihm einen Weg zu Radl, der neben seinem Wagen stand.

»Wer war's?« fragte er nur.

»Einer von uns. Ein Marineaufklärungsflieger.«

»Ich gratuliere. Werde es natürlich entsprechend weitermelden!« Er lächelte. »Vielleicht kriegen Sie noch einen Orden.«

Ich konnte Steiners Gesicht nicht sehen, wußte aber genau, daß er nahe daran war, Radl anzugreifen – näher denn je –, sich aber irgendwie noch beherrschte. Radl nickte seinem Fahrer zu, stieg mit den SS-Leuten ein und fuhr ab.

Ich war plötzlich sehr müde. Fitzgerald stand neben mir und

sah mich überrascht an. Armer Kerl – das ging über seine Begriffe.

»Ich verstehe Sie nicht«, sagte er. »Kann Sie überhaupt nicht begreifen.«

»Mir geht's genauso«, antwortete ich verärgert und schlurfte davon. Der Regen wurde immer stärker. Die Menge löste sich auf, alle begaben sich wieder an ihre Arbeit. Trotzdem war die Stimmung irgendwie verändert. Leute liefen von einer Gruppe zur anderen, Soldaten und Arbeiter bildeten eine Einheit. Gelächter klang auf, Hochrufe, und dann rannte Ezra aufgeregt zwischen allen durch. Kam atemlos bei mir an; ich packte ihn beim Arm, versuchte ihn zu beruhigen.

»Ist was passiert?«

»Passiert?« Er warf den Kopf zurück und lachte, daß es bis zum Himmel schallte. »›Ist was passiert?‹ fragt er!« Dann sah er mich mit nassen Augen an. »Sondermeldung von BBC: Die Russen sind in Berlin. Hitler soll tot sein.«

Hinter ihm stand Steiner, er starrte mich an. Die anderen Männer sangen, lachten, weinten, umarmten einander. Ezra packte mich beim Arm. »Es ist wirklich wahr, Owen. Der verdammte Krieg ist vorüber. Verstehst du denn nicht?«

Er war nicht vorüber, nicht für uns. Ich wußte es, und Steiner wußte es auch. Donner grollte irgendwo über diesen grauen Wolken, dann barsten sie, und es goß in Strömen.

12

Nach der Aufregung über diesen ersten Bericht von den angeblichen Ereignissen in Berlin war niemand in der Stimmung, mit der Arbeit am Strand von Granville weiterzumachen. Die Arbeiter diskutierten untereinander; nach der ersten Ekstase waren einige nun doch im Zweifel, ob die Nachrichten überhaupt stimmen konnten. Braun und Schmidt hatten offensichtlich nicht das Herz, irgend etwas anzuordnen, und die übrigen deutschen Soldaten waren noch ganz perplex über die Wendung der Dinge.

Fitzgerald hatte sich leise mit seinen Leuten unterhalten und kam dann zu mir. »Was meinen Sie – kann es wahr sein?«

»Warum denn nicht? Ezra hat es ja selbst gehört.«

»Dann ist es also nur noch eine Frage der Zeit. Wir haben es geschafft.«

»Da bin ich mir noch nicht so sicher«, antwortete ich.

Er verzog das Gesicht, konnte aber nichts mehr sagen.

Braun, der sich mit Schmidt und Steiner besprochen hatte, war eben zurückgekehrt. Offenbar hatte man einen Entschluß gefaßt.

»Würden Sie bitte Ihre Leute holen, Herr Oberst«, bat er mich höflich. »Wir haben beschlossen, alle nach Charlottestown zurückzubringen. Sie können dort in der Kirche mit den Todt-Arbeitern warten, bis wir herausgefunden haben, was tatsächlich los ist.«

Die Kirche von St. Pierre stand hinter großen Mauern inmitten eines großen Friedhofes an der Straße zur Platzkommandantur. Schon zu Beginn des Krieges hatte man das Kirchengestühl herausgenommen; eine Weile diente sie als Lebensmitteldepot. Seit einem Jahr wohnten die Todt-Arbeiter darin. Sie hätten es schlechter treffen können. Die Hauptmauern stammten noch aus der Normannenzeit, waren mindestens einen Meter dick und hielten das Schlimmste der Winterstürme ab.

Die Arbeiter schliefen auf dem Fußboden. Nur die Altarseite schien unberührt. Die Chorlogen befanden sich noch auf ihrem Platz; Altardecke und Kerzenständer hatte man jedoch weggenommen.

Als wir ankamen, schien niemand so recht zu wissen, was tun. Seit den letzten Feiertagen vor dem Krieg waren wohl nie mehr derart viele Leute in dem Kirchlein beisammen gewesen. Es goß noch immer in Strömen, alle drängten herein: Gefangene, Arbeiter, Brandenburger und Pioniere. Steiner besprach sich in einer Ecke mit Schmidt und Braun, ging dann mit Schmidt hinaus. Braun trat verlegen auf mich zu. »Sie gehen jetzt zu Standartenführer Radl«, sagte er und hob die Schultern. »Ehrlich gesagt – niemand weiß, was wir jetzt anfangen sollen.«

»Abwarten.«

Er grinste. »Das tun wir ja schon eine ganze Weile. Jetzt werde ich mein Mädel bald wiedersehen. Hatte schon nicht mehr damit zu rechnen gewagt.«

Er trat zu seinen Männern hinüber. Ich zündete mir eine der französischen Zigaretten an und bahnte mir einen Weg zur Seitentür, an die Braun aus Versehen keine Wache gestellt hatte. Unter diesen Umständen erklärlich.

Es regnete inzwischen so heftig, daß nicht einmal mehr die Nordmauer des Friedhofes zu sehen war. Meines Vaters Grab lag dort unter einer großen Zypresse. Mutter hatte man neben ihm beerdigt. Wie ein finsterer Wächter stand der Baum steif im Wind.

In meinem Rücken hörte ich Gelächter, diskutierende Stimmen, gefährliche Erregung. Es war ein Fehler gewesen, alle hier zusammenzupferchen. Die Stimme der Vernunft erklingt selten in einer Menge, und bei Menschen, die – wie wir und die Arbeiter – nicht gerade eine gute Behandlung erfahren hatten, war mit Vernunft unter solchen Umständen keineswegs zu rechnen.

Hinter mir ging die Tür auf. Hagen trat heraus. »Wir haben Sie überall gesucht. Miss de Beaumarchais ist hier. Sie möchte mit Ihnen sprechen.«

Simone stand am Haupteingang zwischen Braun, Fitzgerald und seinen Leuten. Ihre blassen Wangen hatten unnatürlich rote Flecken. Sie packte mich beim Ärmel. »Ist es nicht unglaublich? Das ganze Lazarett befindet sich in Aufruhr.«

Der Lärm in der Kirche war inzwischen derartig angeschwollen, daß man sein eigenes Wort nicht mehr verstand. Ich sagte Braun, daß wir unters Vordach gehen würden. Er gab dem wachhabenden Pionier, dem die Maschinenpistole sehr nachlässig über die Schulter hing, ein Zeichen mit dem Kopf. Die Tür schloß sich hinter uns, einen Augenblick lang waren wir allein. Der Regen kam schräg unter dem Dach herein, große Tropfen platschten auf die kalten Steinfliesen.

»Ob es wirklich stimmt?« fragte sie mich. »Nach so vielen Jahren?«

»Alles endet früher oder später«, antwortete ich. »Das Gute und das Böse. Eines der verläßlichsten Naturgesetze.«

Daß sie völlig durchnäßt war vom Regen, merkte sie offenbar kaum. »Eigentlich wollte ich dir nur von dem Verwundeten berichten. Er kommt gut durch. Paddy meint, daß man das Bein nicht abnehmen muß.«

Noch eine gute Nachricht also. »Der hat aber seinen Eltern was zu erzählen!«

Sie nickte. Starrte in den Regen hinaus. »Ja, natürlich. Aber ich habe so ein blödes Gefühl. Ich kann es nicht richtig ausdrücken.«

»Radl?« Ich legte den Arm um sie. »Auch die Radls erleiden gelegentlich eine Niederlage.«

Sie sah mich verzweifelt an. »Mein Gott, ich wünschte es so sehr. Ich muß jetzt wieder an die Arbeit. Paddy braucht mich. Sag Manfred Bescheid.«

Irgendwie bezeichnend, daß sie mich diesmal nicht küßte. Sich einfach nur umwandte und in den Regen hinauslief, den Seitenweg zum Hintereingang des Friedhofs entlang.

Traurigkeit überfiel mich, ich wußte selbst nicht, warum. Ich ging in die Kirche zurück. Der Lärm war noch betäubender geworden, außerdem spielte jemand die Orgel. Obermeyer hatte sich in seine eigene Welt zurückgezogen, spielte Bach – wer weiß, seit wann er's nicht mehr hatte tun können.

Fitzgerald und seine Leute standen beisammen, Braun sah besorgt und hilflos aus. Fitzgerald meinte zu mir: »Wenn Sie mich fragen – die haben das nicht mehr im Griff hier.«

»Sollte ich meinen Radl richtig einschätzen, dauert das nicht lange. Höchstens fünf Minuten. An Ihrer Stelle würde ich mich außerhalb der Schußlinie halten.«

Ich bahnte mir meinen Weg durch die Menge, beachtete die Arbeiter gar nicht, die mir beim Durchgehen auf die Schultern schlugen. Die Seitentür war noch immer unbewacht. Der Regen hing wie ein Vorhang davor, es war die reinste Sintflut.

Rein impulsiv trat ich plötzlich hinaus und ging auf das Grab meiner Eltern zu. Der Schrei, den ich kurz darauf hörte, schien aus einer anderen Welt zu kommen. Ich hielt inne, versuchte die Richtung festzustellen. Da, ein zweiter Schrei! Eine Frau in höchster Not. Verdammte Kette! Ich vergaß sie beim Rennen, fiel der Länge nach hin, rappelte mich wieder hoch, da hastete Simone schon auf mich zu.

Der Mantel war ihr heruntergerissen worden, das alte Kleid, das sie darunter trug, hing in Fetzen. Schulter und Brust waren auf einer Seite entblößt. Bei ihrem Verfolger handelte es sich um einen der Todt-Arbeiter. Ein Pole, der mir durch seine riesige Gestalt aufgefallen war.

Seine Reaktion war zu verstehen. Seit endloser Zeit hatte keiner der Männer hier mehr eine Frau gehabt, und im letzten halben Jahr war Simone überhaupt die einzige gewesen, die sie zu Gesicht bekommen hatten. Ich hatte oft die Blicke gesehen, mit denen man ihr nachstarrte; es zwar nicht schön gefunden, aber irgendwie verstehen können. Er hatte wohl bemerkt, daß sie den Abkürzungsweg einschlug, und war ihr gefolgt.

Hysterisch schluchzend umschlang sie mich. Es blieb mir gerade noch Zeit, sie aus dem Weg zu stoßen, als er schon auf mich zukam, keiner vernünftigen Reaktion mehr fähig. Viel konnte ich nicht tun mit meiner verdammten Kette. Bückte mich rasch und schlug ihn, so hart ich es vermochte, in die Weichteile. Dann fielen wir beide um, wälzten uns am Boden, rollten zum nächsten Grabstein.

Er war über mir, packte mich mit eisernem Griff an der Kehle. Mein Messer hatte ich aus begreiflichen Gründen im Gürtel versteckt und kam jetzt nicht dran. Ich konzentrierte mich auf seine kleinen Finger, bog sie nach außen, daß er vor Schmerz aufschrie. Eine Weile spürte ich nur seinen erstickenden, schlechten Atem, dann verstärkte ich den Druck auf die Finger. Er schrie wieder und ließ locker.

Ich holte aus, um ihn mit aller Kraft an der Gurgel zu packen. Nicht mehr nötig, Steiner war schon da, sein weißes Gesicht der verkörperte Zorn Gottes. Er zog den Polen nach hinten, drehte ihn herum und schlug ihm immer wieder die Faust ins Gesicht. Hielt ihn mit der linken Hand fest und hämmerte seinen Kopf auf den Boden.

Halb erstickt lag ich da, kämpfte um Luft; Grant und Fitzgerald halfen mir auf. Radl stand wenige Meter von uns entfernt, gut zwanzig SS-Soldaten hinter ihm. Er machte eine Handbewegung. Zwei seiner Leute nahmen Steiner den Polen ab und schleiften ihn vor den Standartenführer. Der versetzte ihm einen Fußtritt. »Dir werde ich Manieren beibringen. Schafft ihn rein.«

Sie schleiften ihn in die Kirche. Radl knöpfte seinen Mantel auf und ging zu Steiner hinüber, der Simone in den Armen hielt. Er legte ihr den Mantel um die Schultern.

»Unverzeihlich, daß das unter meinem Kommando passieren mußte.« Aber sie nahm es gar nicht auf. »Mein Wagen ist beim Tor, Steiner. Bringen Sie die Ärmste ins Lazarett.«

Steiner nahm sie auf die Arme und trug sie hinaus. Radl wandte sich zu mir. »Wenn Sie und Ihre Freunde die Güte hätten, mir zu folgen, können Sie deutsche Justiz erleben.«

Das klang nicht allzu gut. Aber was nun geschah, übertraf noch meine Befürchtungen. Die Arbeiter hockten drinnen an den Wänden, Brandenburger und Pioniere standen neben der Tür, die SS hielt alle in Schach.

Zwei hatten den Polen zwischen sich. Sein Gesicht war von Steiners Schlägen blutverschmiert, er schien gar nicht zu begreifen, was los war. Braun stand ebenfalls zwischen zwei SS-Leuten, mit auf den Rücken gebundenen Händen:

Totenstille herrschte, während Radl langsam in die Mitte vorging und einen Arbeiter nach dem anderen ansah. Mit erstaunlich sanfter Stimme sprach er dann zu uns allen: »Das war sehr dumm von euch. Ihr seid einer Lüge aufgesessen, einer dummen Propagandalüge, die der Feind ausgestreut hat, damit das passiert, was wir heute hier erlebt haben. Der Führer lebt nämlich noch, von Niederlage ist keine Rede, die deutsche Wehrmacht kämpft weiter.« Jetzt erhob er seine Stimme. »Ich habe unser Hauptquartier in Guernsey erreicht, und ich kann euch versichern, daß wir auf den Kanalinseln unsere Pflicht tun werden, ganz gleich, was auf dem Festland passiert. Verstanden? Wir kämpfen weiter!«

Seine Stimme hallte an den Deckenbalken wider. Tauben flatterten erschrocken hoch. »Hier gibt es keinen Zusammenbruch, solange ich das Kommando führe, kein Nachlassen der Disziplin, auch nicht bei meinen eigenen Truppen.«

Wie geprügelte Tiere standen die Arbeiter da. Nahmen hoffnungslos ihr Schicksal auf sich, erwarteten nur das Schlimmste.

Radl schnalzte mit den Fingern, der Pole wurde nach vorn geschleift. »Ein wildes Tier ist er, hat sich benommen wie ein Tier. Und so wird er auch behandelt werden.«

Sie warfen ein Seil über einen Deckenbalken und verknoteten es um den Hals des Polen. Er glotzte ihnen stumpf in die Gesichter, merkte überhaupt nicht, was mit ihm geschah. Braun mußten sie tragen, er war dem Zusammenbruch nahe. Radl starrte ihn lange an, sagte dann mit harter Stimme: »Was hier passiert ist, war Ihre Schuld. Sie hatten das Kommando und haben sich von den dummen Gerüchten genauso anstecken lassen wie alle anderen. Hätten Sie eine Wache an die Seitentür gestellt, so wäre der Überfall auf Fräulein de Beaumarchais nicht passiert. Sie sind eine Schande für die deutsche Armee!«

Braun versuchte etwas zu erwidern, brachte aber nur ein Schluchzen hervor. Ein zweites Seil wurde über den Balken geworfen, das Ende grob um Brauns Hals geschlungen.

Beide wurden hingerichtet, indem man sie etwa einen Meter vom Boden hochzog. Je drei SS-Leute hängten sich an das andere Ende des Seiles. Es waren die längsten Minuten meines Lebens und weiß Gott keine schönen.

Erregtes Keuchen flackerte hier und dort auf. Jemand fing hysterisch zu schluchzen an. Radl hatte wieder alles in seiner Gewalt. Die Arbeiter wußten, wie sie dran waren.

Als völlige Stille herrschte, wandte er sich an einen SS-Feldwebel. »Bringen Sie die Gefangenen aufs Fort zurück.«

Wir formierten uns im Regen vor dem Haupteingang. Fitzgerald sah um Jahre älter aus, die anderen wirkten verändert.

Allen war wohl zum erstenmal klargeworden, daß so eine Blitz-Exekution auch ihnen widerfahren konnte.

Der Feldwebel hatte schon den Befehl zum Abmarsch gegeben, da rief Radl uns von der Tür nach. »Einen Augenblick, ich habe was vergessen.«

Er trat lächelnd in den Regen heraus und kam auf uns zu. Es konnte sich um nichts Angenehmes handeln.

»Gute Nachrichten, Oberst Morgan. Die ›Hamburg‹ hat das schlechte Wetter genutzt. Ist vor einer Stunde ausgelaufen.«

»Und Olbricht befindet sich an Bord.«

»Natürlich. Wenn wir Glück haben, ist sie morgen mittag hier.« Er ging fröhlich summend durch den Regen.

13

Erst im alten Munitionsdepot brach bei uns der Sturm los. Hagen, der ohnehin zu Gefühlsausbrüchen neigte, klappte völlig zusammen. »Wir kommen alle noch dran. Der Kerl braucht ja nur mit der Wimper zu zucken, und seine Leute hängen uns genauso auf wie die in der Kirche. Stimmt's etwa nicht, Sir?« wandte er sich an mich.

»Schweig!« fuhr ihn Grant an. »Dieses Geschwätz bringt uns auch nicht weiter.«

Fitzgerald hörte gar nicht zu. Saß auf einer Bank, starrte unbeteiligt vor sich hin und spielte mit seinen Fingern.

»Und was sollen wir jetzt tun?« wandte sich Grant an mich.

»Was können wir schon groß tun? Ich habe diesem Radl nie getraut. Solche Leute kenne ich. Flucht ist unmöglich. Wir haben es mit SS zu tun, nicht mit Pionieren. Uns bleibt nur, zu hoffen und zu beten. Außerdem könntet ihr meinem Beispiel folgen und zu schlafen versuchen.«

Allzuviel Schlaf fanden wir wohl nicht in dieser Nacht. Der Regen trommelte unaufhörlich aufs Dach, nach Mitternacht begann der Wind zu heulen. Das Rauschen der Brandung drang bis hier herauf zu uns.

Ich lag unter meiner feuchten Decke und hörte, wie es immer schlimmer wurde. Steiner hatte richtig prophezeit. Frühlingsstürme konnten in diesen Gewässern fürchterlich werden, mindestens so fürchterlich wie Winterstürme. Die »Hamburg« hatte bestimmt keine gute Fahrt, aber ihr Kapitän war ja lieber bei schlechtem Wetter unterwegs.

In einer solchen Nacht traf das Schiff gewiß auf keinen Feind. Konnte morgen mittag in Charlottestown anlegen. Korvettenkapitän Karl Olbricht würde feierlich mit Musik an Land geleitet werden und seinen Posten antreten. Und dann sogleich über das Schicksal Owen Morgans und seiner Truppe entscheiden.

Und wenn Olbricht die Sache nicht gefiel? Vielleicht war er noch altmodisch? Die meisten von der Marine sind es. Wie lautete Paragraph sechs des Kommandobefehls? »Kommandanten oder Offiziere, die ihre Pflicht nicht erfüllen oder ihr zuwiderhandeln, lasse ich vor ein Kriegsgericht stellen.«

Aber der Kommandobefehl war ein persönlicher Befehl Hitlers gewesen, der laut BBC nicht mehr lebte. Jeder vernünftige Mensch würde unter diesen Umständen die Sache noch einmal überdenken. Wenn Olbricht sich gegen die Exekution aussprach – wie würde Radl reagieren? Alles drehte sich immer wieder um Radl.

Endlich schlief ich ein, wachte aber bereits kurz nach Sonnenaufgang auf. Der Wind hatte noch zugenommen. Die weißen Kronen der Brandungswellen verschwammen im dichten Regen.

Um halb sieben kam Durst, ein blutjunger Soldat, mit einem Eimer Kaffee, schwarzem Brot und kalten Würstchen herein. Kaffee-Ersatz, aber wenigstens heiß. Nur Fitzgerald stand nicht auf. Grant füllte einen Emailbecher und brachte ihn zu ihm.

Ich lächelte Durst an. »Wie sieht's draußen aus?«

»Sehr bös.« Er schüttelte den Kopf. »Und das Wetter soll noch schlechter werden.«

Als er uns wieder verlassen hatte, sagte ich den anderen Bescheid. Hagens Blick erhellte sich. »Vielleicht kommt das blöde Schiff gar nicht durch.«

»Durchaus möglich«, meinte ich.

Ich überließ die anderen ihrer erregten Diskussion und stieg zum Ausguck hinauf. Im Hafen unten schlug das Meer in riesigen weißen Gischtwogen über den Wellenbrecher. Einige Fischerboote hatten sich losgerissen.

Zur See hin bot sich mir ein phantastischer Anblick. Aus bleigrauen Wolken fiel schwerer Regen. Die Wellen schienen dem herabkommenden Wasser entgegenzustreben. Grimmig ragten die Vorfelsen weit draußen aus weißem Schaum hervor.

Ein SS-Mann befahl uns ins Freie. Fitzgerald saß noch immer auf seiner Bank, umklammerte mit beiden Händen seinen Kaffeebecher und starrte vor sich hin. Sein Gesicht war grau und eingefallen. Eine derart plötzliche Veränderung habe ich noch nie bei jemanden gesehen. Unwillig erhob er sich und folgte uns. Lanz wartete bereits neben einem Lastwagen auf uns. »Im Hafen geht's drunter und drüber. Radl braucht euch. Oberfeldwebel Steiner ist auch schon unten.«

Immer noch besser, als im Munitionsdepot herumzusitzen, den Wind heulen zu hören und darauf zu warten, daß etwas geschah. Wir kletterten auf die Ladefläche, einige SS-Leute bildeten den Schluß. Lanz startete den Motor.

In Charlottestown war es bei starkem Ost- oder Nordostwind immer riskant, vor Anker zu gehen, weil sich innerhalb des Hafenbeckens ziemlicher Seegang bildete.

Schlimm sah es aus, als wir hinunterkamen. Hochauf bäumte sich das Wasser, die Windstärke betrug mindestens sieben bis acht. Die losgerissenen Fischerboote tanzten wie wild und drohten zu zerschellen, während die Leute auf der Mole – hauptsächlich Todt-Arbeiter und Pioniere – ratlos hin und her rannten.

Major Brandt und Schellenberg standen auf der Hafenmauer über der unteren Mole.

Unten dümpelte das Lotsenboot, ein altmodischer Kahn mit starkem Dieselmotor. Ezra machte sich in dem hohen Steuer-

haus zu schaffen. Die Brandenburger bildeten seine Mannschaft. Steiner stand am Bug und holte das Tau ein, das gerade von der Mole gelöst worden war. Er trug schwarzes
Ölzeug, hatte aber nichts auf dem Kopf. Als er mich erkannte, winkte er kurz, im nächsten Augenblick steuerte er
den alten Kahn schon hinaus in den Hafen.

In dieser hochaufwirbelnden See auf derart engem Raum
treibende Fischerboote wieder festzumachen, war mindestens ebenso schwierig, wie wilde Pferde in einem Corral
einzufangen. Niemand wußte, was passieren würde. Bei dem
flachen Tiefgang des Hafenbeckens war den Wellen alles zu-
zutrauen.

Aber Ezra erwies sich als Meister seines Fachs. Er steuerte
den erstbesten Bootsbug an, drehte in der letzten Sekunde
bei und ging längsseits, so daß Steiner ins Fischerboot hin-
überspringen und die vorbereitete Leine befestigen konnte.
Dann kehrte Ezra mit seinem Fang zur Mole zurück.

Selbst das Festmachen dort war schwierig bei diesem Wetter.
Kaum hatten sie es geschafft, kam das nächste dran.

Während ich die Szene beobachtete, stand plötzlich Warger,
der Hafenmeister, neben mir. Sah besorgt zum Himmel auf.

»Ungewöhnlich, sogar für diese Jahreszeit.«

»Was sagt denn der Wetterbericht?«

»Wir kriegen Guernsey nicht mehr herein.« Er blickte sich
vorsichtig um. »Im BBC haben sie aber Sturmwarnung gegeben, und das Barometer in meinem Büro fällt rapide. Und der
Sturm wird auch noch schlimmer werden: Windstärke zehn
bis elf. Sie kennen das ja sicher von früher.«

»Zehn bis elf? Orkan?« Böses Wetter hatte ich schon erlebt
um diese Jahreszeit, aber so schlimmes noch nie. Ezra erzählte mir einmal von einem Unwetter, als er erst siebzehn
Jahre alt gewesen war. Das Rettungsboot hatte nur Ruder.
Sie zerbrachen wie dürre Stöckchen. An den Vorfelsen war
ein starkes Segelschiff mit Stahlrumpf zerschellt. Niemand
konnte den Leuten helfen. Am nächsten Morgen war nichts
mehr von dem Segler zu sehen; eine Woche später spülte es
die Leichen herein. Auch Ezra hatte so etwas nie wieder er-

lebt, es passierte wohl nur sehr selten.

Die Pioniere trieben jetzt die Arbeiter zum Ende der Mole, wo bei einem Bombenschaden Wasser hereinströmte. Warum man diese Stelle nicht längst repariert hatte, war mir nicht ganz klar. Offenbar hatte erst dieses Unwetter die Gefahr deutlich gemacht.

Steine gab es genug von den Ruinen der Häuser, die beim Bombardement getroffen worden waren. Die Männer stellten sich in mehreren Reihen auf, Ziegel und Steinbrocken wurden von Hand zu Hand gereicht und in das große Loch in der Mauer geworfen.

Zufällig kam ich an das vordere Ende. Scheußliche Arbeit da draußen. Eine Welle nach der anderen brach sich an der Mauer, eisige Gischt stieg gut zehn Meter hoch und übersprühte uns ununterbrochen.

Ich war bald bis auf die Haut naß und fror erbärmlich. Es erschien mir wie in einem Alptraum, wenn man eine unmögliche Aufgabe zu erfüllen sucht. Alles, was wir hineinwarfen, verschwand spurlos.

Nach einer Stunde wurden wir abgelöst und bekamen heißen Kaffee. Fitzgerald saß im Windschatten einer Ruinenmauer, seine Leute stellten sich um Kaffee an. Sie hatten wenigstens richtige Kleidung für dieses Wetter. Mein Pullover war schon ganz schwer vor Nässe, ich suchte mir eine windgeschützte Ecke. Plötzlich tauchte erneut Warger auf, mit einem alten gelben Ölzeug in der Hand. »Ich habe Sie von meinem Büro aus gesehen, das ist ja barbarisch.«

»Für alle, nicht nur für mich«, sagte ich und zog mir das Zeug über. »Vielen Dank jedenfalls.«

Er blickte sich wieder vorsichtig um, wie vorhin bei der Sache mit dem Wetterbericht, und zog dann eine kleine Flasche Rum hervor. »Ich dürfte es Ihnen eigentlich nicht erzählen, aber wir haben Nachricht von der ›Hamburg‹.«

Der Rum brannte, ich mußte husten. »Ist was los?«

»Sieht übel aus«, berichtete er ernst. »Sie liegt fünfzehn Kilometer südwestlich im ärgsten Wetter. Hat schon ziemliche Schäden.«

»Welche Windstärke haben wir jetzt?«

»Mein Mann dort oben hat zweimal Böen von neunzig Knoten gemessen. Ob die ›Hamburg‹ bei dem Sturm in den Hafen kommen kann?«

»Wird sie wohl müssen. Wo sollte sie sonst hinfahren?«

Ich nahm noch einen Zug aus der Flasche. Major Brandt löste sich aus der Menge, zögerte kurz, kam dann zu uns herüber. Es wäre sinnlos gewesen, die Flasche zu verstecken. Er tat, als bemerke er sie nicht.

»Böse Sache«, sagte er.

»Ach was, trinken wir darauf«, antwortete ich und nahm noch einen Schluck. »Zum Teufel mit Radl.«

Ich hielt ihm herausfordernd die Flasche entgegen. Vielleicht war es nur der Rum, aber ich glaube, ich wollte ihn zumindest in Gedanken auf meiner Seite sehen. Ich mochte Brandt. Er nickte ernsthaft und blinzelte mir gleichzeitig zu. »Vielen Dank.« Hob die Flasche an die Lippen, bog den Kopf nach hinten. »Fabelhaft, Oberst Morgan, ich gratuliere Ihnen zu Ihrer Rumquelle.« Er gab die Flasche zurück. »Sehen wir uns jetzt den Wellenbrecher an«, wandte er sich an Warger. »Das äußerste Ende soll angeblich schon abbröckeln.«

»Alter Hut«, sagte ich. »Das ist schon seit Jahren so.«

Sie gingen mit gesenkten Köpfen durch den Regen nach draußen. Ich schlurfte zu Fitzgerald hinüber, der ganz verzagt an der Mauer hockte und Grant nicht beachtete, der ihm einen Becher Kaffee besorgt hatte.

Ich gab dem Schotten die Flasche. »Da, du Hochlandteufel, flöß ihm davon was ein. Der Rest ist für dich.«

Ehe er etwas erwidern konnte, war ich schon auf dem Weg zur Mole. Ezra und die Brandenburger hatten alle Boote bis auf zwei hereingebracht. Eben umkreisten sie das vorletzte. Wieder die scharfe Kehrtwendung; jemand sprang, verfehlte den Bootsrand, hielt sich aber noch an der Reling fest. Uns blieb das Herz stehen, als Ezra versuchte, das Lotsenboot von der baumelnden Gestalt wegzuhalten. Erst einen halben Meter davor gelang es ihm.

Das Wetter wurde immer schlechter, wir arbeiteten verzweifelt in Schichten an dem Loch. Hoffnungslos. An sich war das von Anfang an klar. Aber gegenüber der Gewalt der Natur sind die Menschen selten vernünftig. Merkwürdigerweise.

Um elf Uhr waren Ezra und die Brandenburger fertig mit ihrer Aufgabe und vertäuten das Lotsenboot an seinem Platz. Ich ruhte mich wieder in Nähe meiner Privatmauer aus, Warger hockte sich neben mich.

»Neue Nachricht von der ›Hamburg‹, Herr Oberst.«

»Gut oder schlecht?«

»Irgendein Maschinenschaden«, flüsterte er heiser. »Ritter meldet, daß sie vorn hochsteigt. Die meisten Rettungsboote haben sie verloren, die übriggebliebenen sind beschädigt.«

»Wo liegt sie?«

»Ein paar Kilometer vor der Küste, aber der Funkkontakt ist abgebrochen.«

Ich glaube, ich wußte sofort, was passieren würde – so oft in der Vergangenheit passiert war. Kurz darauf schrie jemand und zeigte nach draußen. Wir blickten alle in die Richtung, sahen plötzlich die »Hamburg«; ebenso plötzlich verschwand sie auch wieder.

Nochmals tauchte sie auf einem Wogenkamm auf und verschwand erneut. Alle spürten das kommende Unheil, brüllten durcheinander, hörten zu arbeiten auf, spähten von der Hafenmauer nach draußen. Ezra und Steiner kamen von der Mole herauf.

Ezra wandte sich an mich – und nur wir beide wußten ja auch genau, was geschehen würde. »Hast du die ›Hamburg‹ gesehen?«

Ich nickte. »Warger sagte, sie haben Maschinenschaden, kommen kaum vorwärts.«

»Dann läßt sich ja unschwer erraten, was passieren wird bei solchem Wetter.«

»Die Felsen?« frage Steiner.

Ich nickte. »Es sei denn, Sie glauben an Wunder.«

Brandt kam mit dem Kübelwagen, die Menge stob auseinander. Er sprang heraus und trat zu uns. »Habt ihr sie gesehen?

Radl ist auf dem Weg hierher. Der Funkkontakt ist unterbrochen.«

»Wie viele sind an Bord?« fragte Steiner.

»Achtundvierzig mit der Mannschaft.«

Alles andere war vergessen, nur noch die Tragödie draußen in der kochenden See beschäftigte uns. Die Rangers waren auch näher gekommen, und sogar Fitzgerald hatte wieder Leben in sich. »Kann man denn gar nichts tun?« meinte er.

»Was würden Sie vorschlagen?«

»Gibt es kein Rettungsboot?«

»Doch, aber erstens ist die Betonpiste vor dem Bootshaus kaputt, zweitens ist die Bucht dort total vermint. Drittens haben wir außer Ezra keine Mannschaft!«

Ezra sah mich scharf an. »Doch – dich, Owen. Du bist fast so gut wie dein Vater.«

Ein nettes Kompliment, aber es half uns nicht viel weiter. Der Wind trieb plötzlich den Regen weg, wir sahen die Felsen vor der Küste. Wie schartige schwarze Zähne ragten sie aus der Gischt.

Keine dreihundert Meter weit war die »Hamburg« von dem Riff entfernt und steuerte schnell darauf zu. Leuchtraketen stiegen auf – eine, noch eine. Wozu, wußten sie wohl selbst nicht. Im gleichen Augenblick traf Radl ein. Stieg aus und beobachtete die Szene durch seinen Feldstecher. Ohne ein Wort zu sagen. Senkte endlich das Glas und wandte sich an Warger. »Sieht schlimm aus. Was passiert wohl jetzt?«

»Sie wird auflaufen«, mischte ich mich ein. »Direkt auf die Klippen wird sie laufen. Kann es gar nicht mehr verhindern.«

»Meinen Sie?« Er wandte sich um, hob das Glas, und wenige Minuten später passierte, was ich vorausgesagt hatte.

Alle waren betroffen. Soldaten, Arbeiter, Gefangene. Merkwürdig, wie jetzt – kurz vor Ende dieses Krieges, der Millionen Opfer gefordert hatte – solch allgemeines Mitgefühl für achtundvierzig Menschen in höchster Gefahr entstehen konnte.

Fitzgerald war plötzlich fast der alte. »Wir müssen was tun!« rief er.

Radl fuhr ihn scharf an: »Sie sind ja verrückt. Erstens fällt das nicht unter mein Kommando, und außerdem haben wir keine Möglichkeit einzugreifen.« Er schüttelte den Kopf und verstaute den Feldstecher in seiner Hülle. »Sie haben ja Rettungsboote draußen, die müssen sich jetzt selbst helfen.«

»Bei dem Wellengang? Da kommt kein Boot durch.«

»Genau«, pflichtete Radl ironisch bei. »Ich sehe, Sie sind genauso ein Realist wie ich, Herr Major.«

Steiner und die Brandenburger hatten an der Treppe die Köpfe zusammengesteckt. Steiner trat jetzt vor und nahm Haltung an. »Wenn Sie es erlauben, möchte ich versuchen, zur ›Hamburg‹ rauszufahren; meine Leute machen alle freiwillig mit.«

»Und womit, wenn ich fragen darf?«

»Mit dem Lotsenboot.«

Das war sogar Ezra zuviel. »Was soll der Unsinn? Damit kommt ihr doch nicht einmal über das Hafenbecken.«

»Schön, daß Sie so vernünftig sind«, lobte Radl.

»Ich bitte trotzdem um Ihre Erlaubnis«, sagte Steiner ungerührt.

»Die ich Ihnen nicht erteile.«

Die darauffolgende Stille durchbrach erstaunlicherweise Brandt als erster. Er sprach zögernd, aber was er sagte, galt für uns alle. »Standartenführer, die Leute da draußen können sich nicht helfen. Vielleicht ist die Rettung unmöglich, aber wir müssen es zumindest versuchen – begreifen Sie das nicht?«

Genau das begriff Radl nicht. Er sah den veränderten Brandt an, runzelte die Stirn. »Und Sie würden mitmachen?«

Brandt war ganz grau im Gesicht. Er blickte durch die Gischt hinaus aufs Meer – hatte Angst, das war deutlich. Und dann geschah irgendwas mit ihm. Er wandte sich wieder zu Radl und lächelte. »Ich bin, weiß Gott, der schlechteste Seefahrer, den man sich denken kann, aber wenn Steiner Verwendung für mich hat – ja, ich mache mit.«

Radl nickte und wandte sich an Steiner. »Können Sie ihn brauchen?« Diese Frage beinhaltete natürlich viel mehr.

Steiner wollte schon antworten, wandte sich dann aber stumm dem Meer zu. Ein sturmgepeitschter Wasserschwall durchquerte gerade das Hafenbecken, riß ein Fischerboot aus seiner Verankerung und schlug es an der Mole zu Kleinholz. Was sollte er antworten? Selbst wenn das Lotsenboot es bis hinaus schaffte – dieser See konnte es nicht standhalten.

»Da sich nun alle für die Vernunft entschlossen haben, können wir ja getrost zur Arbeit zurückkehren. Auf Wiedersehen, meine Herren.« Radl grüßte und wandte sich um. Er ging zum Wagen. Fitzgerald sagte: »Zum Teufel mit dem Kerl, aber er hat recht. Wir können wirklich nichts tun.«

Ich hörte seine Worte kaum. Hatte etwas anderes im Sinn. Ein Rettungsboot mit Watsonmotor namens »Owen Morgan«.

14

Wir fuhren in Brandts Kübelwagen nach Charlottestown hinein: Brandt, Steiner, Hauptmann Schellenberg, Ezra, Fitzgerald und ich.

Radl war nicht in seinem Büro, wir fanden ihn zu Hause, das heißt im alten Pfarrhaus bei der Kirche. Bis auf die SS-Wachen vor der Tür war es noch genauso wie in meiner Kindheit.

In der großen rechteckigen Halle brannte ein Treibholzklotz im Kamin. Eine Winteransicht der gefährlichen Vorfelsen – von meinem Vater gemalt – hing über dem Sims.

Radl kam mit der Serviette in der Hand aus dem Eßzimmer.

»Was soll das, wenn ich fragen darf?«

»Wenn Sie gestatten«, ergriff Brandt das Wort. »Oberst Morgan hat nämlich eine Idee, wie man den Leuten von der ›Hamburg‹ helfen könnte.«

»Tatsächlich?« Radl wandte sich ganz langsam zu mir um.

»Ist ganz einfach«, sagte ich. »In Granville gibt's doch ein Rettungsboot.«

»Namens ›Owen Morgan‹«, unterbrach er mich. »Ein gestrandeter Wal, Herr Oberst. Kann nicht zu Wasser gelassen werden. Außerdem ist die Bucht mit Minen gespickt.«

»Wir ziehen es einfach über Land bis Charlottestown«, erklärte ich. »Hier im Hafen können wir es zu Wasser lassen.«

Er wischte sich gemächlich den Mund ab. »Und wer bildet die Mannschaft?«

»Ich habe schon darauf gearbeitet, vor dem Krieg. Oberfeldwebel Steiner und seine Leute kommen alle freiwillig mit.«

»Meine auch«, meldete sich Fitzgerald.

Radl sah ihn ungläubig an. »Tatsächlich?«

»Keiner hat Erfahrung mit Rettungsbooten«, sagte ich. »Aber nach Temperament und Training müßten Rangers und Brandenburger die beste Besatzung abgeben, die man nur finden kann.«

Vielleicht hatte ich irgendwie ungeschickt argumentiert; Radl geriet jetzt völlig außer sich. »Was glauben Sie eigentlich, wer Sie sind, Morgan?« Er schäumte förmlich. »Ich habe hier das Kommando, und ich sage nein zu dieser verrückten Idee, verstanden?« Er starrte jeden von uns der Reihe nach an. »Raus hier!«

Als er sich umwandte, sagte Steiner ganz ruhig: »Das wird wohl nicht so einfach gehen, Standartenführer.«

Er zog eine Luger aus dem Ölzeug. Schellenberg keuchte erschrocken. Wir waren alle überrascht. Solche Aktion war nicht einkalkuliert worden, weil wir alle glaubten, daß Radl zustimmen würde.

»Wir haben nämlich keine Zeit mehr, lange zu diskutieren«, sagte Steiner. »Die ›Hamburg‹ bleibt möglicherweise noch den ganzen Tag an den Felsen hängen, könnte aber auch in den nächsten Stunden heruntergerissen werden. Ich muß Sie daher zwingen, uns zuzustimmen.«

»So ist das also, Steiner?« Radl lächelte, sofern man seine Grimasse ein Lächeln nennen konnte. »Jetzt zeigen Sie endlich Ihr wahres Gesicht! Kein Stiefvater, hinter dem Sie sich verstecken können, keine Orden. Sie werden genauso in der Luft zappeln wie Braun.«

Damit trieb er wohl den letzten Nagel in seinen eigenen Sarg. Brandt hatte erst noch gezögert, war zu perplex, um zu reagieren. Jetzt trat er vor. Streckte die Hand aus.

»Geben Sie das Ding mir, Steiner.«

Steiner sah ihm lange ins Gesicht und übergab dann die Luger. Bei Brandts nächsten Worten verschwand das triumphierende Lächeln aus Radls Gesicht.

»Oberfeldwebel Steiner handelt unter meinem Befehl, Standartenführer. Ich führe jetzt hier das Kommando.«

»Sind Sie verrückt, Brandt? Auf wessen Veranlassung?«

»Auf meine eigene. Ich stelle fest, daß Sie Ihre Pflichten als deutscher Offizier verletzt haben, übernehme daher das Kommando und bin bereit, dies auch vor einem Kriegsgericht zu verantworten. Sie stehen ab sofort unter Hausarrest.«

Radl lachte übertrieben. »Und Sie meinen, ich bleibe dabei still sitzen. Das ist ja Meuterei!«

»Wenn Sie es nicht tun, werde ich Sie erschießen.« Brandt wandte sich zu uns. »Wir wollen keine Unruhe in diesem Stadium, besonders nicht mit der SS. Am besten, alles so normal wie möglich verlaufen lassen. Ich bleibe hier als Wache. Je eher ihr euch an die Arbeit macht, um so besser. Sie übernehmen den Befehl, Schellenberg, aber ich würde empfehlen, daß Sie Mr. Scullys und Oberst Morgans Ratschläge beherzigen.«

»Ich warne Sie zum letztenmal«, keuchte Radl.

»Und ich warne *Sie*«, sagte Brandt. »*Eine* falsche Bewegung, und ich schieße. Sie gehen bitte ins Eßzimmer zurück.«

Radl warf seine Serviette auf den Boden und drehte sich auf dem Absatz um. Brandt folgte ihm. Blieb bei der Tür stehen. »Viel Glück, meine Herren! Sie werden es brauchen können.« Er lächelte. »Und für Sie und Ihre Freunde, Herr Oberst, ein Abschiegsgeschenk.«

Er nahm den Schlüssel zu den Fußeisen und warf ihn mir zu.

Die Szene werde ich nie vergessen. Steiner auf der Ladefläche eines Lkws, die Leute dicht darum gedrängt, um ihn trotz des tosenden Sturms zu hören. Es war Schellenbergs Idee gewesen. Nach dem ersten Schreck im Pfarrhaus hatte er sich völlig gewandelt. Wir alle veränderten uns wohl an dem Tag. War es das Heulen des Windes, die Kälte, die bis ins Gehirn zu dringen schien – irgendwie waren wir alle ein bißchen verrückt.

Binnen fünf Minuten, auf dem Rückweg zum Hafen, hatte Schellenberg den Plan entwickelt. Zeigte vielleicht zum erstenmal in seinem Leben, was er konnte. Hundertzwanzig Leute standen seiner Berechnung nach sofort zur Verfügung. Geräte und Seile gab es genügend, außerdem drei schwere Laster.

Steiners Aufgabe war es nun, die verschiedenen Gruppen zur Zusammenarbeit zu bewegen. Er mußte brüllen, um sich verständlich zu machen. »In Granville ist ein Rettungsboot. Wenn wir es hierherbringen und zu Wasser lassen, können wir vielleicht für die armen Teufel da draußen was tun.«

»Laßt sie doch kaputtgehen, die Deutschen. Warum sollen wir ihnen helfen«, meldete sich ein kleiner unscheinbarer Todt-Arbeiter.

»Wir haben keine Zeit zu verlieren. Wer helfen will, auf die Laster. Wer's nicht will, läßt es eben sein.«

Er sprang herunter. Die Todt-Arbeiter blieben alle an ihren Plätzen stehen; einige diskutierten miteinander. Und dann kam Hilfe aus der unerwartetsten Ecke. Fitzgerald kletterte auf die Ladefläche und blickte um sich. Zu seinem Gesichtsausdruck fehlte nur noch das Schwert in der erhobenen Hand. »Ihr kennt mich alle. Ich bin Amerikaner. Da draußen schweben Menschen in Lebensgefahr, egal, wer sie sind. Meine Leute und Colonel Morgan machen mit. Maul halten jetzt und rauf auf die Wagen!« Und es funktionierte. Natürlich kamen nicht alle sofort. Etwa vierzig kletterten gleich hinauf, dann noch ein Dutzend, etwas weniger rasch, und schließlich schrien die oben Stehenden den Zurückgebliebenen zu, bis sich auch diese überwanden.

Ich fuhr in dem Kübelwagen mit, der den Abschluß des kleinen Konvois bildete. Gerade als wir starteten, löste sich noch ein Fischerboot aus seiner Verankerung und zerbarst an der Mole. Hoffentlich kein Omen, dachte ich.

Auf der Straße nach Granville tobte der Sturm noch stärker. Hatte von den Buchen um die Seigneurie Zweige und ganze Äste abgerissen. Die Laster schwankten gefährlich von einer Seite zur anderen.

Die Straße im Ort war zu schmal. Wir mußten bei den ersten Häusern abladen. Und wie sollte die »Owen Morgan« mit ihrer Breite von fast vier Metern hier durchkommen? Besonders um die Ecken würde es Schwierigkeiten geben. Ich teilte meine Befürchtungen Schellenberg mit, er nickte ernst. »Was im Weg steht, hauen wir einfach weg. Jetzt holen wir erst mal das Boot raus.«

Das Bootshaus bestand aus vorgefertigten Spannbetonplatten. Schellenberg schickte ein paar Pioniere nach drinnen; mit Fünfkilohämmern schlugen sie einfach die Rückwand heraus. Da stand die »Owen Morgan«, wunderschön und gepflegt, weiß und blau gestrichen. Man sah die Mühe, die Ezra sich mit ihr gegeben hatte. Aber fünf Jahre lag sie nun schon aufgebockt, fünf Jahre war sie nicht benutzt worden. Ob sie überhaupt noch standhielt?

Keine Zeit jetzt für solche Zweifel. Ezra übernahm die Führung, sagte, wo die Seile angebracht werden sollten. Fitzgerald drängte sich lächelnd zu mir. »Jetzt geht's los, was? Haben Sie so was schon mal gesehen? Schauen Sie sich die Gesichter an!«

Er hatte recht. Es war eine ganz andere Stimmung in der Menge. Überall Erregung.

Die Seilenden wurden ausgeworfen, willige Hände griffen danach. Auch Fitzgerald packte mit an. Mit glänzenden Augen wandte er sich mir zu: »Alle helfen zusammen! So was Herrliches habe ich wirklich noch nie erlebt!«

Ja, dergleichen brauchte er! Danach sehnte sich seine Seele. Selbstaufopferung, Zusammenhalten für einen guten Zweck. Nichts, was nach Krieg roch.

Mit Mannschaft und Gerät wog die »Owen Morgan« fünf-zehn Tonnen. Ganz schön schwere Last die steile, enge Straße hinauf. Als sie sich langsam in den Regen hinausbe-wegte, stand Ezra an Deck. Alle brüllten hurra. Und dann sahen wir, daß es schon um die erste Ecke nicht gehen würde.

»Die Hütte an der Ecke muß weg!« schrie Ezra.

Gut fünfzig Leute fielen mit Pickeln, Äxten und Hämmern über das Gemäuer her. Die Wand brach so rasch ein unter ihren Schlägen, daß sich einige Leute verletzten. Weiter ging's. An der nächsten Ecke bearbeitete Schellenberg mit einer zweiten Gruppe bereits die hohe Gartenmauer, die hier im Wege war. Bis das Schiff die Stelle erreicht hatte, lag die Mauer schon in Trümmern.

Dann kam das Steilstück zur Seigneurie, vom Regen völlig aufgeweicht. Die Lastwagen konnten hier noch nichts aus-richten. Sie fuhren leer voraus, alle hängten sich in die Seile. Hau-ruck! Viele rutschten aus, fluchten, wenn sie den Halt verloren. Einer schrie auf: Das Fahrgestell war zurückgerollt und ihm über den Fuß gefahren.

Irgendwer kümmerte sich schon um ihn. Wir anderen durf-ten keine Zeit verlieren. Rückwärts gehend, Schritt um Schritt, die Hände fest am Seil, hatte ich das Fort und den Kanal vor mir. Ein unwahrscheinlicher Anblick. Riesige Wel-len mit überhängenden Schaumkronen, Gischtschwaden, vom tosenden Sturm herangewirbelt, ließen ahnen, was uns bevorstand.

Bei der Seigneurie strömten Patienten und Sanitäter heraus, drängten sich um Plätze an den Seilen. Alle wollten dabei-sein. Auch Paddy Riley. Und Simone in einem viel zu großen Soldatenhemd. Die Lkws nahmen Aufstellung, wir hängten die Seile dran. Ich wollte zu Simone, aber Steiner war vor mir dort. Sie klammerte sich an seine Arme, sah mit einem Blick zu ihm auf, wie ich ihn bei ihr nur einmal, vor unendlich lan-ger Zeit erlebt hatte. Ich wandte mich ab. Die Seile strafften sich, langsam fuhren die Lkws an. Von da an ging alles rela-tiv leicht. Alle rannten mit, sprangen schnell zur Seite, wenn das Boot gefährlich zu schwanken begann. Fiebrige Erregung ergriff uns, als das letzte Stück bergab vor uns lag.

Jetzt wurde das Boot dicht an einen der Lkws herangebracht, dann erst ging es los. Die Helfer hingen in den Seilen und bremsten, was sie konnten. Manchmal schlitterte der Lkw über die nassen Pflastersteine. Dann schleuderte das Schiff hinten hin und her, daß die Leute entsetzt wegsprangen. Der schöne Farbanstrich bekam verschiedentlich Kratzer, zwei Schaufenster mußten dran glauben. Und schließlich hatten wir die letzte Ecke hinter uns. Hundert Meter weiter unten lag der Hafen. Am Kai machten wir sie vom Lkw los und schoben sie über die Rampe zur unteren Mole. Am südlichen Landesteg ging es über eine steinerne Rampe in die aufgewühlten Wogen. Steiner und die Brandenburger stiegen zu Ezra an Bord, dann brachten wir sie zu Wasser und vertäuten sie. Ich konnte es gar nicht recht glauben, daß die »Owen Morgan« jetzt wirklich da unten schwamm, an der Mole scheuerte. Es kam mir vor, als hätte ich das alles schon einmal erlebt.

Schellenberg ließ Treibstofffässer aus dem Lager rollen und kümmerte sich mit Warger um das Auftanken. Und dann kam der große Augenblick: Ezra startete den Motor. Wenn er sich auch die ganzen Jahre so rührend um das Boot gekümmert hatte – es war doch irgendwie erstaunlich, daß es gleich funktionierte.

Acht Knoten konnte sie mit ihren zwei Fünfunddreißig-PS-Motoren schaffen, die übrigens so wasserdicht untergebracht waren, daß sie sogar noch bei überflutetem Maschinenraum weiterliefen. Zur Durchführung ihrer Aufgabe war sie mit einer Seilharpune und verschiedenen anderen nützlichen Gerätschaften ausgestattet.

Unsere Mannschaft bestand aus elf Leuten, inklusive Ezra. Da es den meisten an Erfahrung mangelte, ganz gut so. Ezra verteilte gelbes Ölzeug und Rettungswesten an alle. Als es losging, sahen wir wie echte Lebensretter aus.

Ich assistierte Ezra, gab seine Befehle weiter. Wir legten von der Mole ab. Fitzgerald kam einmal vorbei, seine Augen leuchteten. Ich konnte nicht verstehen, was er zu mir sagte. Der Wind riß ihm die Worte vom Mund. Armer Narr, er wußte nicht, worauf er sich eingelassen hatte. Keiner wußte es.

15

Ich sprach später mit Leuten, die das Ganze vom Ufer aus beobachtet hatten. Sie beteuerten, dergleichen noch nie gesehen zu haben. Das glaube ich gern. Die Wellen türmten sich im Sturm wie Berge. Der Abstand zwischen Wellental und -krone maß gut fünfzehn Meter. Wenn es bergab ging, war's wie eine Höllenfahrt.
Jedesmal schien es schier unmöglich, die nächste Kuppe zu erklimmen; auf halbem Weg wurde die Fahrt so langsam, daß wir fast glaubten, wir würden stehenbleiben, und einen Augenblick lang Angst hatten, zurückzurutschen. Und doch schafften wir es immer wieder. Nach kurzem Halt auf dem Wogenkamm ging es kopfüber ins nächste Tal. Warger erzählte mir hinterher, daß er immer, wenn wir verschwanden, sicher war, uns nie wiederzusehen.
Kein Wunder, daß ich ringsum in ängstliche Gesichter blickte. Brecher schlugen über dem Boot zusammen, einige der Männer mußten mehrmals um ihr Leben kämpfen.
Hagen spülte es einmal über Bord, er kam aber mit der nächsten Welle wieder hereingeschwemmt. Fitzgerald und Grant zogen ihn ins Steuerhaus. Seinen Gesichtsausdruck werde ich nie vergessen.
Ezra hatte den Kopf herausgestreckt und mir zugebrüllt, daß sich alle anleinen sollten. Warum hatte ich daran nicht eher gedacht? Rettungsleinen werden allerdings auf solchen Booten von der Mannschaft nicht immer angelegt. Ich machte also meine Runde und half mit dem Vertäuen, wo es nötig war. Lanz war entsetzlich übel, er übergab sich. Das Wasser spülte alles gleich wieder weg. Schreiber hatte panische

Angst. Merkwürdig, wie relativ Mut sein kann. Dieser Mann hätte nie mitkommen dürfen, so tapfer er sich auch bei anderen Gelegenheiten gezeigt hatte.

Ich brüllte Steiner Ezras letzte Order ins Ohr und band Schreiber persönlich fest. Hangelte mich dann an meiner Leine nach hinten zurück. Einen halben Kilometer waren wir ungefähr schon vorangekommen. Und dann passierte es! So schnell, daß man gar nicht sagen kann, was eigentlich geschah. Mehrere Dinge zugleich jedenfalls. Der unheimliche Wellengang, die Gewalt des Sturmes und daß wir gerade auf dem Kamm einer berghohen Woge schwankten. Die nächste Welle packte uns von Steuerbord am Bug, das Boot kippte seitwärts. Ich hörte einen Verzweiflungsschrei, dann unheimliches Dröhnen und Brausen und hielt mich rasch am offenen Fenster des Steuerhauses fest.

War plötzlich von grünem Wasser umgeben, hatte Salz in Augen und Mund und spürte einen unheimlichen Druck. Die Motoren stampften weiter, sie blieben in Fahrt. Halb erstickt kam ich plötzlich wieder an die Oberfläche, atmete so tief ich konnte. Langsam richtete sich das Boot auf.

Ezra hatte seinen Südwester eingebüßt. Er hing am Rad, brüllte mit weit offenem Mund; wandte sich dann um nach den anderen.

Fitzgerald, Grant und Hagen waren in Sicherheit. Wallace fehlte. Ich rannte zur Reling, sah im Wellental unter uns einen gelben Fleck. Dann noch einen zweiten. Kämpfte mich nach vorn durch – Schreiber war weg, seine Leine gerissen. Den beiden konnten wir nicht mehr helfen. Noch einmal sah ich das Gelb aufscheinen, dann sausten wir kopfüber ins nächste Wellental.

Um bei solchem Seegang zu überleben, brauchte man mehr als eine Rettungsweste – da mußte schon ein Wunder geschehen, und an Wunder glaubte ich schon seit langem nicht mehr.

Von jetzt an ging es für jeden von uns um das eigene Überleben. Riesige Wellen brachen von allen Seiten über das Boot herein. Wir konnten nichts tun als uns festhalten, Ezra vertrauen und beten.

Und wir waren in guten Händen – hätten uns keine besseren wünschen können. Ezra erwies sich als Meister auf kleinen Booten in solchem Wetter, einer der besten Männer des Seerettungsdienstes.

Regen und Gischt fielen so dicht, daß wir unser Ziel völlig aus den Augen verloren hatten. Erst etwa zwanzig Minuten nach dem Kippen sahen wir von einem hohen Wellenkamm aus das Riff vor uns liegen.

Die »Hamburg« war bös dran – das Achterdeck lag unter Wasser, die halbe Brücke und andere Teile des Oberdecks waren zerbrochen, eines ihrer Boote hing senkrecht an seiner Halterung. Nicht sehr praktisch für unsere Rettungsarbeiten.

Ich begriff nicht, warum man es nicht einfach mit ein paar Axthieben gekappt hatte. Aber in diesem Augenblick war uns noch gar nicht klar, was der Mannschaft passiert war, wir begriffen die Panik nicht, die einen Menschen erfaßt, der in eine so fürchterliche Lage kommt, dem sicheren Tod ins Auge sieht.

Ezras Plan war einfach. Er drosselte den Motor auf sechs- bis siebenhundert Umdrehungen; damit konnte er sich gegen die Ebbe behaupten, deren Geschwindigkeit ungefähr sechs Knoten betrug. So wie die »Hamburg« am Riff hing, mußte er die Rettung von der Steuerbordseite aus probieren. Es sah schlimm genug aus, nicht nur wegen des hohen Wellenganges. Das herunterhängende Boot störte.

An Deck des Havaristen sahen wir Leute sich festklammern, allerdings weniger als erwartet. Erst später entdeckten wir, daß dreiundzwanzig bereits tot waren, darunter auch der Kapitän. Einige hatte es beim Aufprall über Bord geworfen, andere ertranken, als das einzige Rettungsboot, das sie zu Wasser lassen konnten, sofort von den Riesenwogen erfaßt wurde und kenterte. Eine Strickleiter hing bereits an der Außenseite; an der mußten die Leute dann einer nach dem anderen herunter, bis sie an Deck der »Owen Morgan« springen konnten. Solange jedoch das Boot davor hin und her gespült wurde, war jeder Versuch zwecklos.

Ezra hatte die »Owen Morgan« bereits in Längsseitsposition zur »Hamburg« gebracht und eine Weile dort gehalten. Jetzt legte er wieder ab und hielt uns dann in einigem Abstand mit halber Kraft am Fleck.

»Das verdammte Boot muß weg!« brüllte er.

Steiner stand neben mir. Ohne Südwester, der Regen perlte ihm übers Gesicht. Er holte sich rasch eine Axt von unten und schrie Ezra zu: »Noch mal ranfahren – ich versuch', die Leiter zu erwischen!«

Ezra diskutierte gar nicht lange; die Sache mußte sein, und das so schnell wie möglich. Mit Schwung brachte er die »Owen Morgan« erneut längsseits. Eine Riesenwelle schwappte herein, hob uns fast bis zur Reling der »Hamburg«. Steiner sprang zur Leiter hinüber. Die Welle zog sich zurück, wir fielen mit einem Ruck gut fünf Meter tief und krachten gegen den Rumpf der »Hamburg«. Ich wurde nach unten geschleudert. Als ich wieder auf die Füße kam, sah ich Steiner schon über die Reling des Havaristen klettern.

Fast im gleichen Augenblick sackte das gekenterte Boot plötzlich ab, eines der Ruder fiel auf unser Steuerhaus und von dort ins Meer. Ich schrie laut, alle sprangen um ihr Leben. Das Boot krachte ebenfalls aufs Steuerhaus, rutschte dann nach einer Seite ab und blieb in den Ketten hängen. Ezra wurde zu Boden geworfen. Die nächste Welle knallte uns erneut gegen den Rumpf der »Hamburg«. Ich rief Fitzgerald und Grant zu mir, packte eine Axt und hackte mit aller Kraft auf das Boot los, um es von Deck zu bekommen, ehe es zu spät war. Die beiden anderen halfen mir aus Leibeskräften. Wieder brach ein großer Wasserschwall über uns herein. Ezra hatte sich inzwischen hochgerappelt, gab volle Kraft voraus und drehte das Rad, so weit er konnte. Ich verlor das Gleichgewicht, aber der gleiche Ruck half auch, den Großteil der Bootstrümmer von Bord zu befördern.

Ich blutete an der Stirn, Ezra blutete, Grant ebenfalls. Fitzgerald schien ungeschoren davongekommen zu sein, er umklammerte seine Axt, als hätte er Lust weiterzumachen. Als mein Blick ihn traf, lachte er laut. »Los doch! Los doch!« schrie er. »Worauf warten wir noch?«

Ezra wischte sich ruhig das Blut ab und wies nach oben.

»Manfred organisiert dort oben schon. Jetzt nichts wie ran – und du packst sie, so schnell du kannst, Owen. Du bist jetzt hier draußen verantwortlich.«

Wieder legte er längs der Steuerbordseite an, ließ die »Owen Morgan« von der Ebbeströmung herantragen. Zwei Leute hingen schon an der Leiter über uns. Als die nächste Welle uns hob, kamen wir fast auf gleiche Höhe mit ihnen. Lanz und Fitzgerald standen an der Reling und fingen beide im Sprung auf.

Die Männer verkrochen sich nach unten. Während wir wieder gegen den Rumpf des Wracks geknallt wurden, kletterten drei weitere Schiffbrüchige über die Strickleiter.

Ich winkte. Der erste sprang, Grant griff nach ihm und zog ihn herein. Der zweite zögerte erst, sprang dann aber doch. Zu spät. Wir waren mit der Welle fünf Meter nach unten gerutscht, er landete schwer auf dem Steuerhaus. Schrie vor Schmerz und fiel auf Deck.

Grant und Lanz nahmen sich seiner an. Er war bewußtlos und schwer verletzt. Der dritte hing noch mit beiden Händen an der Leiter. Als wir uns wieder auf gleicher Höhe befanden und sogar ziemlich lange oben blieben, nützte er den Augenblick nicht. Er hätte nur herüberzusteigen brauchen. Hatte offensichtlich die Nerven verloren. Bei unserem nächsten Auftrieb lehnte sich Fitzgerald hinaus und packte ihn mit beiden Händen. Der Mann schrie erschrocken auf und krallte sich an der Leiter fest. Eine Welle drängte das Rettungsboot mehrere Meter von der »Hamburg« ab. Fitzgerald ließ jedoch nicht los und wurde über Bord gezogen. Er konnte gerade noch die Leiter fassen und baumelte an ihr unter dem Mann, den er hatte retten wollen. Dieser kletterte inzwischen hinauf und verschwand über die Reling.

Einen Augenblick danach passierte es wie bei meinem Vater. Eine Gegenwelle ergriff uns und schob uns wie mit einer

Riesenhand zurück gegen die »Hamburg«. Quetschte Fitzgeralds Beine zwischen unsere Reling und den Schiffsrumpf. Er schrie so laut, daß man es über den Sturm hinaus hören konnte. Steiner kam von oben herunter, packte ihn mit einer Hand und hielt sich mit der anderen an der obersten Sprosse fest, konnte ihn aber nicht halten. Da sprang ich hinüber. Erwischte – wir waren gerade in einem Wellental – die unterste Sprosse. Wurde von der nächsten Welle auf Fitzgeralds Höhe hinaufgeschwemmt, bemächtigte mich dort der Leiter und sicherte ihn mit einem Arm. Irgendwie hievten wir ihn über die Reling. Als ich mich umwandte, wurde die »Owen Morgan« gerade wieder abgetrieben. Ich winkte Ezra zu, er winkte zurück. Die Ebbe wurde zunehmend stärker spürbar, unsere Aktion dadurch immer schwieriger.

Fitzgeralds Beine sahen böse aus, waren beide zerquetscht. Zum Glück war er bewußtlos. An Deck hockten noch verschiedene Leute von der »Hamburg«, keiner machte jedoch Anstalten, uns zu helfen. Wir legten jeder einen Arm um Fitzgerald und zogen ihn über das schräge Deck nach oben. Steiner stieß mit dem Fuß die erste Tür auf, die wir erreichten.

Wir traten in die Schiffsmesse. Mit Theke, gepolsterten Sitzen und festgeschraubten Tischen. Ein deutscher Marineoffizier saß wie eingeklemmt hinter einem der Tische auf einer Eckbank. Mit Uniform und Mütze. Auch ohne die Goldlitzen und bunten Ordensbändchen wußte ich, daß es Korvettenkapitän Karl Olbricht sein mußte. Sein Kinn ruhte in einer Art Aluminiumschale, er trug eine Rückgratschiene. In einer Hand hielt er die Rumflasche, in der anderen ein Glas.

Ich stieß die Tür mit dem Fuß hinter mir zu. Die Stille hier drinnen war fast unheimlich. »Treten Sie ein, meine Herren«, sagte Olbricht auf deutsch. »Kommen Sie nur.«

Er war offensichtlich nicht mehr ganz nüchtern. »Sie entschuldigen, wenn ich nicht aufstehe. An meinem Rückgrat und an meinem Bein sind Stahlschienen. Das Aufstehen fällt mir schon normalerweise schwer, jetzt ist es unmöglich. Was gibt's da draußen?«

»Oberfeldwebel Steiner, Division Brandenburg«, stellte Steiner sich vor. »Das hier ist Oberst Morgan, britischer Offizier. Wir sind mit dem Rettungsboot von St. Pierre hierhergekommen.«

Olbricht starrte mich abwägend an. »Ein Brite. Haben wir also den Krieg verloren?«

»Uns fehlt jetzt die Zeit, alles zu erklären. Das hier ist ein amerikanischer Offizier, Major Fitzgerald. Schwer verletzt. Wir müssen ihn bei Ihnen lassen, bis wir wissen, wie es draußen weitergeht.«

Er sah leicht verwirrt aus, aber wohl mehr durch seinen Rum als unsere Neuigkeiten. Wir gingen beide hinaus; die »Owen Morgan« war vorerst nicht zu entdecken. Plötzlich tauchte sie unerwartet nah wieder auf, in einer ganz anderen Richtung. Sie kreiste hinten um die »Hamburg« beim Achterdeck, das nach wie vor unter Wasser lag. Plötzlich wurde mir klar, was Ezra vorhatte. Ein letzter verzweifelter Versuch, aber vielleicht gelang er. Er fuhr mit der »Owen Morgan« direkt über die Achterreling, bis sie mit dem Vordersteven auf Deck festlag, und hielt sie dann durch geschickte Steuermanöver am Platz. Die Leute von der »Hamburg« waren zu verdattert, um zu begreifen, was da geschah. Steiner brachte sie in Bewegung. Er schlug auf die zunächst stehenden Männer mit den Fäusten ein. »Los doch, verdammt noch mal, rüber mit euch!«

Jetzt bewegten sie sich, glitten auf dem Hintern hinunter. Fünf oder sechs kletterten über die Reling aufs Rettungsboot, ehe es wieder hinausgezogen wurde.

Immer stärker setzte die Ebbe ein. Die hintere Reling der »Hamburg« tauchte bereits aus dem Wasser auf. Lange konnte Ezra diese Manöver nicht mehr durchführen. Da kam er schon wieder an. Das nächste halbe Dutzend Leute wurde gerettet. Jetzt warteten noch drei. Sie standen bis zu den Hüften im Wasser. Ich packte Steiner beim Arm. »Holen wir Fitzgerald, es bleibt nicht mehr viel Zeit.«

Wir kehrten in die Bar zurück. Fitzgerald war noch bewußtlos, Olbricht sah noch betrunkener aus. »Wir müssen jetzt los«, sagte Steiner zu ihm. »Das Rettungsboot ist auf dem Achterdeck.«

»Los?« sagte Olbricht. »Wie soll ich hier runterkommen? Ich kann ja nicht mal aufstehen. Bin nur mit Draht zusammengehalten.«

»Gar nicht diskutieren«, sagte ich zu Steiner. »Wir bringen Fitzgerald in Sicherheit und holen ihn danach.«

So behutsam wie möglich hoben wir den Amerikaner auf und trugen ihn an Deck. Die »Owen Morgan« war noch da. Während wir uns langsam vorarbeiteten, kam uns Grant von unten herauf entgegen.

Und dann passierte alles urplötzlich. Eine riesige Welle schlug über, das Deck der »Hamburg« senkte sich weiter, wir verloren das Gleichgewicht. Ich war nahe der Reling, konnte mich mit einer Hand festklammern und Fitzgerald mit der anderen halten.

Steiner rutschte kopfüber ab, fiel über Bord, Grant ebenfalls. Die »Owen Morgan« war wieder hinausgezogen worden, Ezra kämpfte, um sie in einigen Metern Distanz zur »Hamburg« zu halten. Grant und Steiner kamen wieder hoch, die Mannschaft warf ihnen Rettungsleinen zu. Wie Schlangen sausten die Seile ins Wasser. Unsere »Mannschaft«!

Ezra brachte das Boot abermals heran, aber zu spät. Die Reling der »Hamburg« lag bereits im Trockenen. Wenn das Rettungsboot jetzt zu nahe kam, wurde es womöglich vom Wellengang unter das Wrack geschoben und erdrückt.

Ich packte Fitzgerald unter den Achseln und versuchte, in Rückenlage nach oben zu gelangen. Es ging leichter, als ich gedacht hatte, vielleicht deshalb, weil ich an einem Punkt angelangt war, wo Müdigkeit und Schmerzen gar nicht mehr spürbar waren. So gelang es mir, die Tür von vorhin zu öffnen und Fitzgerald hineinzuziehen. Olbricht saß noch immer am alten Platz.

»Ich dachte, Sie wären schon weg«, sagte er nur.

»Schön wär's«, antwortete ich bitter.

Mit Kissen improvisierte ich ein Lager auf dem Boden, bettete Fitzgerald darauf und ging nochmals nach draußen. Es war noch schlimmer als vorher, die »Owen Morgan« verschwand völlig in den Wellentälern. Ezra war schon ein ganzes Stück weit gekommen. Ich wußte, warum er es so eilig hatte. Bei tiefstem Ebbestand kamen zackige Felsen zum Vorschein, die nur darauf warteten, ein Boot aufzuspießen. Eine richtige Todesfalle.

Ezra hatte ein Wunder vollbracht. War zum schlimmsten Riff der Kanalinseln vorgedrungen, mit einer unerfahrenen Mannschaft, bei stärkstem Sturm, und hatte vierundzwanzig Menschenleben gerettet. Es war klüger, die Aktion jetzt abzubrechen.

Er winkte mir vom Steuerhaus zu, ich winkte zurück. Dann drehte die »Owen Morgan« ab und machte sich auf ihre lange, beschwerliche Berg-und-Tal-Fahrt zurück zur Insel.

16

Ich ging in die Bar zurück. Fitzgerald bewegte sich unruhig; ich beugte mich über ihn, er stöhnte. Mit meinem Messer schnitt ich ihm die Hosen bis zum Knie auf. Kein schöner Anblick bot sich da. Er würde wohl nie wieder einen Fuß vor den anderen setzen können.

»Geht ihm nicht gut, was?« fragte Olbricht aus seiner Ecke. Offenbar war er trotz seines Rumkonsums noch ganz klar. »Die Kapitänskajüte ist dort hinten.« Er wies zu einer Tür. »Am Ende des Ganges. Da müßte ein Medizinkästchen sein.«

Irgendwie kam ich durch den schrägliegenden Gang nach hinten. In der Kajüte lag alles wirr durcheinander: Bettzeug, Bücher, Schubladen. Zuerst entdeckte ich einen Feldstecher. Dann fand ich das Medizinzeug in einer glänzend polierten Holzkassette. Kaum war ich aus der Kajüte, ging ein Rütteln durch das ganze Schiff, es klirrte und klapperte ohrenbetäubend, Metall schien mit Gewalt gesprengt zu werden. Ein solches Geräusch habe ich seitdem nie wieder gehört. Dann kippte der Gang noch ein paar Grad tiefer.

Ich verlor das Gleichgewicht und rutschte auf dem Rücken hinunter, so rasch, daß ich die Tür zur Messe verpaßte. Den Feldstecher hatte ich mir zum Glück um den Hals gehängt, und das Medizinkästchen hielt ich fest unter einen Arm geklemmt. Der Rückweg war die reinste Bergtour.

Drinnen saß Olbricht unverändert in seine Ecke gepreßt, allerdings auch reichlich in Schräglage. Der Anblick war fast komisch. Er grinste mich an. »Ich dachte schon, es ginge weiter.«

Ich schüttelte den Kopf. »Sie hat sich nur durch die Ebbe auf den Felsen festgesetzt.«

Fitzgerald war halb unter eine Bank gerollt. Ich zog ihn wieder auf die Kissen zurück und versuchte, ihn in seiner Lage irgendwie zu fixieren. Anschließend sah ich in das Kästchen. Wie erwartet enthielt es schmerzstillende Mittel. Irgendein Morphiumderivat in kleinen Wegwerfspritzen.

Zwei injizierte ich ihm in den linken Arm und holte dann noch mehr Kissen, um es ihm so bequem wie möglich zu machen. Er würde lange warten müssen, auch wenn der Wind nachließ. In seinem Zustand konnte man ihn nur bei höchstem Flutstand aufs Rettungsboot bringen, also frühestens um vier Uhr morgens. Wenn der Sturm nicht nachließ, vielleicht überhaupt nicht mehr. Olbricht erklärte ich, daß ich an Deck gehen würde. Er brauche keine Angst zu haben, das Schiff bliebe während der Ebbe bestimmt auf dem Riff.

»Mein lieber Freund, ich habe den Krieg in U-Booten verbracht. Mich regt so schnell nichts mehr auf. Aber wenn Sie mir noch eine Flasche herüberreichen könnten. Dann vergeht die Zeit besser.« Er lächelte trocken. »Mein Drahtgestell ist nicht gerade das Angenehmste.«

Erst jetzt wurde mir klar, daß er vermutlich ständig starke Schmerzen hatte. Ich arbeitete mich die Schräge zur Theke hinauf; das meiste war zerbrochen, einiges jedoch noch ganz. Darunter auch eine Pulle Rum, die ich ihm brachte. Er dankte mit ernster Miene, zog den Korken mit den Zähnen heraus und trank gleich aus der Flasche.

Als ich die Tür öffnete, packte mich der Wind mit Gewalt.

Gischtkaskaden sprühten über die Reling. Hinter den weiß-umschäumten, zackigen schwarzen Felsen hoben und senkten sich immer noch gigantische Wellen. Der Feldstecher war ausgezeichnet, ich konnte bis zur Insel hinübersehen, erkannte alle Einzelheiten am Hafen.

Etwa einen halben Kilometer von der »Hamburg« entfernt erschien die »Owen Morgan« aus der Versenkung auf einem Wogenkamm. Einen Augenblick lang konnte ich deutlich Ezras Gestalt am Steuerhaus erkennen sowie Steiner und Grant am Bug. So plötzlich, wie sie aufgetaucht waren, verschwanden sie wieder völlig. Tauchten erneut auf, wie durch Zauberhand, verschwanden abermals nach wenigen Sekunden. Eine Stunde lang blieb ich wohl an der Reling stehen, erlebte jeden Zoll dieses mühsamen Rückwegs. Hätte nicht Ezra am Steuer gestanden, sie würden es nie geschafft haben, denn einen Seegang wie an diesem Tag gab es wohl nur einmal in hundert Jahren.

Der schlimmste Augenblick kam zweihundert Meter vor dem Wellenbrecher. Bis zu hundert Knoten Geschwindigkeit hatten manche Böen; eine davon packte die »Owen Morgan« auf dem Kamm einer riesigen Woge. Sie legte sich quer; die nächste, ebenso riesige Welle trug sie seitlich bis zum Ende des Wellenbrechers.

Ich hielt den Atem an, dachte an damals, als mein Vater . . . Sollte Ezra wieder ein herrliches Boot unter den Füßen zertrümmert werden? Wie durch ein Wunder stellte sich die »Owen Morgan« wieder gerade; in Gedanken sah ich ihn mit dem Steuerrad kämpfen. Erst im letzten Augenblick gab das Schicksal – oder waren es mitleidige Götter? – nach. Noch eine große Woge, dann ging es in den Hafen hinein. Sie verschwanden hinter dem Wellenbrecher.

Ezra hatte es also geschafft. Mit seiner phantastischen Mannschaft. Erst jetzt spürte ich die Kälte und meine nassen Kleider. Ich kehrte in die Messe zurück und inspizierte noch mal die Flaschen. Fand erstaunlicherweise einen guten alten Whisky, schlitterte damit zu Fitzgerald. Er war noch immer bewußtlos, wirkte aber jetzt ruhiger. Da kroch ich zu Olbricht hinüber und setzte mich hinter seinen Tisch neben ihn.

»Sie haben's geschafft«, sagte ich. »Sind in den Hafen rein.«

»Allerhand.« Seine Flasche war nur noch halb voll. »Werden sie wieder zurückkommen?«

»Ich denke schon, aber sie müssen auf den Gezeitenwechsel warten. So nach vier Uhr morgens könnten wir mit ihnen rechnen.«

»Aha.« Er nickte. »Ist das nicht auch die gefährlichste Zeit für uns? Bei Flut steigt doch das Wasser hier bis zu zehn Meter, habe ich gehört. Wenn nur ein bißchen Wind geht, löst sich womöglich die ›Hamburg‹ von dem Fels. Ihr Boden ist unten völlig aufgerissen. Dann sacken wir ab wie ein Stein.«

»Sie haben die Sache ziemlich genau erfaßt. Fühlen Sie sich jetzt besser?«

»Nicht besonders. Darum trink ich auch soviel von diesem verdammten Zeug.«

Fitzgerald stöhnte, drehte den Kopf zur Seite und öffnete die Augen. Ich hangelte mich zu ihm hinüber. »Wie geht's Ihnen?«

Er starrte mich zuerst verständnislos an. Schweiß stand auf seiner Stirn. »Hallo, Owen«, sagte er mit schwacher Stimme. »Was ist passiert?«

»Sie haben einmal zu oft den Helden gespielt, Sie Narr. Es hat Sie bös erwischt.«

Er nickte. »Ja, jetzt erinnere ich mich – meine Beine.« Er versuchte, sich aufzurichten, ich drückte ihn zurück.

»Ich fühle gar nichts – als ob sie nicht mehr da wären.«

»Kein Wunder«, sagte ich. »Ich habe Sie mit Morphium vollgepumpt. Jetzt schön ruhig bleiben und nicht aufregen.«

Er schloß die Augen, öffnete sie jedoch bald wieder. »Das ist also die ›Hamburg‹. Wie geht's den anderen?«

»Sind alle sicher im Hafen. Ich habe den ganzen Rückweg verfolgt. Am frühen Morgen kommen sie uns holen. Sie und mich und Kapitän Olbricht.«

Die Droge begann zu wirken; seine Augen wurden glasig, er sagte ganz leise: »Das auf der ›Owen Morgan‹ war für mich ein ganz wunderbares Erlebnis. Ich hätte es um nichts in der Welt . . .«

Seine Augen schlossen sich, er konnte den Satz nicht mehr beenden.

»Tot?« wollte Olbricht wissen.

»Nein, noch nicht.«

»Sieht aber so aus, als machte er's nicht mehr lange, finden Sie nicht?«

Ich fand es auch, aber dergleichen auszusprechen, war ein böses Omen – der Kelte in mir stemmte sich dagegen. Ich wich einer Antwort aus, sagte bloß, daß ich mich draußen noch einmal umsehen müßte.

Vom Riff war jetzt viel mehr zu sehen, und die Wellen schlugen nur wegen des Sturmes höher an den Schiffsrumpf. Soweit ich das beurteilen konnte, bestand im Augenblick keinerlei Gefahr für uns. Die kam erst wieder mit der Flut, wie Olbricht ganz richtig erkannt hatte. Beim Gedanken an den Mühlbach schauderte es mich. Zu oft waren Wracks von einem Tag auf den anderen beim Riff spurlos verschwunden, als daß ich dem Gezeitenwechsel in Ruhe hätte entgegensehen können.

In dem Tohuwabohu des Kartenraumes fand ich eine Laterne und eine Signallampe. Es war jetzt spätabends, Dunkelheit kroch vom Horizont auf uns zu. Immer noch rollten riesige Wellengebirge zwischen uns und der Insel. Ich zündete den Docht der Laterne an und hängte sie an einen Haken. Olbricht lächelte. »Ein kleines Licht, das uns die Finsternis vertreibt. Sie haben mir übrigens nichts über den Krieg erzählt. Ist er vorbei?«

»So gut wie.«

Er nickte ernst. »Ob Sie es glauben oder nicht, seit fast sechs Jahren warte ich auf diesen Tag. Und jetzt, wo er endlich da ist, kommt es mir gar nicht mehr so wichtig vor.«

Irgendwie verständlich. Ich plazierte noch ein paar Kissen neben Fitzgerald und legte mich hin. Draußen heulte der

Wind, der Regen trommelte wütend gegen das Fenster. Bei uns drinnen war es eigenartig friedlich, und ich spürte plötzlich unendliche Müdigkeit. Schloß die Augen, um ein kleines Weilchen auszuruhen, und fiel in tiefen Schlaf.

Lautes Stöhnen weckte mich. Fitzgerald mühte sich neben mir, hochzukommen. Ich drückte ihn wieder zurück. Er wandte mir den Kopf zu, sein Blick zeigte mir, daß er litt. »Solchen Schmerz habe ich noch nie erlebt. So entsetzliche Schmerzen.«
»Einen Moment«, sagte ich. »Das haben wir gleich.«
Ich holte noch eine Ampulle aus der Kiste und injizierte sie ihm. Die Wirkung schien sofort einzutreten, sein Gesicht entspannte sich.
Er öffnete die Augen, starrte mich an. »Sie mochten mich nie, was?«
Ich rieb mir schläfrig die Augen. »Ist das so wichtig?«
Er versuchte ein Lächeln. »Vermutlich nicht. Alle kann man eben nicht für sich gewinnen.«
Ich sah auf meine Uhr: schon halb drei morgens. »Schlafen Sie ruhig noch ein Weilchen – bald kommen die anderen.«
Er schien mich gar nicht zu hören, seine Stimme war so leise, daß ich mein Ohr an seine Lippen legen mußte, um ihn zu verstehen. »Bin froh, daß ich dabei war. Lauter Helden, die Jungens. Sehr stolz, mitgemacht zu haben. Bedaure nichts.«
Genau so etwas hatte ich von ihm erwartet. Er redete noch weiter, aber ich konnte es kaum noch verstehen. Es klang ziemlich wirr. Fünf Minuten später war er tot.

»Was'n jetzt?« fragte Olbricht.
Ich griff nach der Signallampe. »Will mal versuchen, mit drüben Kontakt zu kriegen. Muß außerdem nach dem Wetter gucken.« Es hatte zu regnen aufgehört, der Mond schwebte in einem dunkelblauen Samthimmel, die Sterne funkelten kalt. Der Wind hatte ziemlich nachgelassen, blies aber immer noch recht kräftig. Für unsere Rettung war die Situation jedenfalls wesentlich besser als vorher.

Im Mondlicht konnte ich ein ganzes Stück weit übers Meer sehen, die Insel lag jedoch im Dunkeln. Kein einziges Licht ließ sich erkennen. Das wunderte mich sehr, denn Ezra hätte jetzt schon unterwegs sein müssen, und die »Owen Morgan« war mit einem elektrischen Scheinwerfer ausgerüstet.

Etwa zwanzig Minuten lang blinkte ich in Abständen mit der Signallampe, allerdings ohne besondere Codezeichen zu verwenden. War ja auch nicht nötig: Er und die anderen wußten, daß wir noch hier draußen warteten.

Als ich es aufgab, war mir klar, was uns bevorstand. Die unteren Felsen lagen wieder unter Wasser, die Wellen schlugen immer stärker gegen den Rumpf, stießen das ächzende Wrack von hinten stärker gegen die Klippen. Kurze Zeit darauf kämpfte ich mich zur Kommandobrücke vor und suchte nach Leuchtkugeln. In die meisten Schachteln, die ich fand, war Wasser eingedrungen. Vier erwiesen sich noch als gebrauchsfähig; ich nahm sie mitsamt der Pistole zurück an Deck.

Backbord lag die »Hamburg« jetzt wieder so tief unter Wasser wie bei der Rettungsaktion am Tag vorher. Und die Flut war noch immer am Steigen. Dank einer leichten Aufwärtsbewegung hing das Deck nicht mehr ganz so steil nach unten. Ich trat an die Reling und feuerte eine Leuchtkugel ab. Eine von denen, die ganz langsam am Fallschirm herunterschweben und etwa eine halbe Minute lang alles ringsum erhellen.

Ein grauenhafter Anblick bot sich mir. Links vom Schiff die rasante Strömung des Mühlbachs. Wie in einem übertretenden Flußbett schlug hier Welle an Welle hastig empor. Solche Gewalt hatte diese Strömung, daß ihr Anprall gegen das Wrack den ganzen Rumpf erzittern und erdröhnen ließ. Als die erste Kugel erloschen und im Meer versunken war, probierte ich die anderen drei der Reihe nach – keine funktionierte.

Eine Wolke verdeckte für einen Moment den Mond; ich blieb in der Dunkelheit draußen stehen, hörte das unheimlich laute Rauschen des Mühlbachs, fühlte das Deck unter meinen Füßen vibrieren und wußte, daß irgendwann der Augenblick kam, da die »Hamburg« vom Riff wegstoßen und absacken würde, als habe sie nie existiert.

Ich kehrte in die Messe zurück. Olbricht sagte: »Sie kommen noch nicht, was?«

Ich schüttelte den Kopf. Er trank den letzen Rest Rum aus seiner Flasche.

»Komisch, die Vorstellung, mit dem Schiff unterzugehen, hat mich nie begeistert.«

»Ich habe auch nichts dafür übrig.«

»Irgendwas müßten wir doch tun können. Gehen Sie noch einmal nachschauen? Die können uns doch nicht einfach hier versacken lassen.«

Vielleicht ahnte ich, was er vorhatte, tat ihm aber trotzdem den Gefallen. Der Schuß erschreckte mich nicht.

Das Wrack schwankte jetzt leicht von einer Seite zur anderen, und dann kippte es auf einmal so stark nach links, daß ich meinte, jetzt wäre alles aus.

Mir fiel plötzlich ein, wie Simone und ich damals gekentert waren und der Mühlbach uns gerettet hatte. Ob es wieder gelang? Bei diesem Seegang wenig wahrscheinlich, aber der Versuch war vielleicht besser, als hier tatenlos abzuwarten.

Ich ging in die Messe zurück. Fitzgerald hatte noch seine Rettungsweste an. Zwei waren vorteilhafter als eine, würden mich besser über Wasser halten: Das war bei diesem Wellengang wichtig. Ich zog sie ihm ohne große Schwierigkeiten aus und befestigte sie über meiner eigenen.

Olbricht war mit dem Oberkörper vornüber auf den Tisch gefallen. Sein Hinterkopf sah nicht besonders schön aus. Ich fischte hinter der Theke nach irgendwas Scharfem. Die Laterne erlosch plötzlich.

Mit der ersten Flasche, die ich erwischt hatte, trat ich an Deck. Zog den Korken mit den Zähnen heraus. Es war ein deutscher Schnaps, er schmeckte ziemlich scharf. Soviel ich konnte, zwang ich mir durch die Kehle. Immer noch stieg das Wasser, der Mühlbach toste unter mir vorbei. Mehr als die halbe Flasche brachte ich nicht hinunter. Mein Magen brannte. Eine kleine Hilfe gegen die Kälte, die mir bevorstand.

Meine Kleider hatte ich alle angelassen. Nahm noch einmal die Signallampe auf und schickte diesmal eine Morsenachricht nach drüben. »Schiff versinkt – Muß losschwimmen – Morgan.«

Aus Vorsicht beließ ich es bei dieser kurzen Mitteilung.

Wenn Ezra und Steiner und die anderen es vermocht hätten, wären sie bestimmt gekommen. Offenbar hatte irgendwas oder irgendwer es ihnen unmöglich gemacht.

Radl? Immer dieser Radl. Er war an allem schuld. Ich zog die Augenbinde am Gummiband herunter, warf die Lampe über die Reling und sprang ihr nach.

Die zweite Rettungsweste hat mir vermutlich wirklich das Leben gerettet, denn ich lag damit hoch genug über Wasser, um auch im stärksten Wellengang immer wieder Luft zu bekommen.

Die Strömung packte mich und trug mich mit unheimlicher Geschwindigkeit davon. In wenigen Minuten kam ich eine enorme Strecke weiter, auf die Insel zu.

Nach wie vor stand der Mond hell und klar am Himmel. Von einem Wogenkamm aus konnte ich Fort Edward erkennen. Dann ging es in das nächste Wellental hinunter; ich trieb dahin wie ein wehrloses Stück Holz.

Durch die Kleidung spürte ich die Kälte zuerst nicht sehr. Als sie sich schließlich bemerkbar machte, bewegte ich mich so wenig wie möglich, um die Körperwärme zu erhalten.

Mein Zeitgefühl verließ mich vollkommen. Als ich auf die Leuchtziffern meiner wasserdichten Armbanduhr sah, waren zu meiner Überraschung schon zwanzig Minuten seit dem Sprung über die Reling vergangen. Im Osten erschien bereits ein heller Streifen am Horizont. Wieder eine Riesenwelle, sie trug mich weit empor. Diesmal sah ich die »Hamburg« – immer noch am Riff. Eine Wasserwand tauchte dahinter auf, schob sich mit roher Gewalt vom Atlantik herein. Ein Gischtvorhang umhüllte die Felsen; als er sich verzog, war das Wrack für immer verschwunden.

Während ich so von der Strömung getragen wurde, zählte die Zeit nicht mehr für mich. Damals waren wir in Steiners Bucht gelandet. Ob es mir heute genauso ging?
Steiners Bucht. Merkwürdig, daß ich diesen Strand schon jetzt – auch in Gedanken – nicht mehr anders nennen konnte. Zeit ist ein so relativer Begriff, denn die kürzeste Spanne kann so viel zusammendrängen, mehr vielleicht als das ganze restliche Leben.
Mir war jetzt kalt, Gesicht und Augen brannten vom Salzwasser, die Sicht war nicht mehr allzugut. Kein Mond mehr, die Morgendämmerung zog herauf. Als dunkle Schatten standen die Klippen vor mir. Fort Marie Louise ragte nackt und kahl darüber, wie aus einem anderen Land, einer anderen Zeit.
Wenn es schiefging, wenn ich mich nur am Rand der Strömung befand, würde ich an der Südostecke der Insel vorbeitreiben. Und die Bretagne war noch ganz schön weit weg. Sicher kam ich dort irgendwann an: die Frage war nur, in welcher Verfassung.
Als Mahlzeit für die Fische allenfalls.
Müde war ich, völlig am Ende meiner Kräfte – der Kopf sank mir nach unten. Und dann sah ich plötzlich – von einem Wogenkamm aus – über den zerfetzten weißen Brandungsteppich hinweg schwarze Klippen im grauen Dämmerschein und darunter den Strand, Steiners Strand. Ich hörte eine Stimme meinen Namen rufen, wie Trompetenschall aus vergangenen Tagen, aus der Kinderzeit. War es heute oder damals? Ich sackte ab, kämpfte mich wieder an die Oberfläche, diesmal so hoch, daß ich sie sah – scharf umrissen, bis zur Hüfte im Wasser stehend, mit wehenden Haaren. Simone. Sie wartete auf mich – wartete, daß der Mühlbach mich hereintrieb, wie er uns beide damals hereingetragen hatte.
Erbarmungslos, unbeirrbar rollte das Wasser landeinwärts. Eine riesige Welle warf mich hoch hinauf, bis zum Mond, fing mich wieder auf, füllte mir die Kehle mit scharfem Salzgeschmack. Und dann packte mich die Strömung ein

letztes Mal, brachte mich mit harter Hand und eilig, als sei Versäumtes nachzuholen, auf den Strand.

Das Meer war in meinen Ohren, in meinem Kopf. Meine Hände umkrallten einen Wasserfall aus Kieselsteinen. Wieder kam das Meer heran, drosch auf meinen Körper, versuchte, mich zurückzuholen. Ich schrie auf, verlor zum erstenmal seit meinem Absprung von der »Hamburg« die Gewißheit, durchzukommen. Griff verzweifelt in die Luft und wurde von einer Hand gepackt – einer Hand, die die meine eisern umklammerte.

Ich lag ausgestreckt im Sand; jemand schien mich mit einem Hammer mitten zwischen die Schulterblätter zu schlagen. Ich hustete und hustete und spie eine Wasserlache aus. Erst nach einer Weile gelang mir ein heiseres Krächzen.

»Ist schon gut jetzt, bin wieder am Leben.«

Ich wandte mich um, Simone, die neben mir kniete, schlang ihre Arme um meinen Hals.

»Gott sei Dank, Owen – ich wußte, daß du es mit dem Mühlbach versuchen würdest. Paddy und Ezra hielten es nicht für möglich. Ich wußte, daß du es versuchen würdest.«

Die beiden Erwähnten knieten auf der anderen Seite, sie hatten ein Fläschchen für mich bereit. »Trink mal! Was ist mit Fitzgerald?« Ich berichtete. Setzte dazwischen immer wieder die Flasche an den Mund. Ezra nickte traurig: »Dacht' ich mir gleich, als ich dein Signal sah. Aber ich durfte keine Antwort geben.«

Ich starrte ihn verständnislos an. Paddy erklärte die Situation. »Radl hat gestern Major Brandt im Pfarrhaus umgebracht. Wie, wissen wir nicht. Als das Rettungsboot zurückkehrte, stand er mit seinen SS-Leuten an der Mole.«

»Und deswegen konnten wir euch nicht holen«, erklärte Ezra.

Ich mühte mich hoch. »Und Steiner?«

»Radl will ihn an der alten Buche beim Kirchentor aufhängen lassen. Damit ihn alle Welt sieht. Soldaten und Arbeiter. Als warnendes Beispiel.«

»Wann?« fragte ich stockend. Meine Stimme schien mir nicht mehr zu gehören.

»Die Hinrichtung ist für acht Uhr angesetzt.« Riley sah auf seine Uhr. »Uns bleibt noch eine Stunde Zeit. Wenn's vorbei ist, haben deine amerikanischen Freunde keine großen Chancen mehr.«

Simone begann bitterlich zu schluchzen.

17

Als ich den Hang zur Hufeisenbucht hinunterkletterte, trieben keine Leichen an den Strand. Sonst war aber alles genauso wie an jenem ersten Morgen. Es regnete dicht, Fort Victoria war im Frühnebel kaum zu erkennen.

Meine Seemannsjacke lag noch in ihrem Versteck in der Spalte, die Mauser-Pistole steckte in der Tasche. Ich zog das gelbe Ölzeug aus. Es schüttelte mich vor Kälte. Schnell schlüpfte ich in die Jacke und setzte die alte Mütze auf.

So, ich war bereit, war der gleiche, der hier nachts gelandet war und – ein Jahrhundert schien es her zu sein – auf dem Vorsprung gekauert hatte. Derselbe und doch auch wieder nicht. Ein schöner Morgen, ein schöner Morgen zum Sterben, dachte ich abermals. Wenn dies das Ende sein sollte, dann lieber so als anders.

Ich kletterte wieder hinauf. Oben stand Paddy Rileys altes Auto – eine Konzession der Deutschen an den einzigen Mediziner der Insel. Er saß mit Simone im Wagen, Ezra stand davor und stopfte seine alte Pfeife mit diesem gräßlichen selbstgezogenen französischen Tabak, den er so liebte.

»Alles gefunden?« brummte er. »Die Jacke von deinem Vater, was?«

»Genau.«

»Rund ums Kap und wieder zurück, zweimal in der Jacke. Ich war beide Male dabei.«

Ich nahm die Mauser heraus, öffnete sie und sah nach, wieviel Munition noch drin war. Sieben Schuß. Lud sehr sorgfältig durch.

»Willst du's mit der ganzen Welt aufnehmen mit dem Ding?« fragte er.

»Wenn nötig, ja. Ich werde die Hunde Steiner nicht hängen lassen, und die Rangers sind unter meinem Kommando, wie du weißt.«

»Mach keinen Unsinn, Junge. Radl ist zwar ein Oberschwein, aber er weiß genau, was er tut. Hat dreiundzwanzig SS-Fallschirmjäger hier. Aus seinem alten Regiment. Die reißen dich auf einen Wink von ihm in Fetzen. Falls er ihnen befehlen würde, vom Fort ins Meer zu springen, täten sie's auch.«

»Reiner Selbstmord, wenn du jetzt nach Charlottestown fährst«, sagte Riley. »Radl hält dich für tot. Also hast du eine gute Chance, am Leben zu bleiben.«

»Ausgerechnet du, Paddy«, sagte ich. »Hast du etwa seinerzeit nicht dein Leben für andere eingesetzt? Auch gegen vielfache Übermacht?«

Er hob abwehrend die Hand. »Na ja, schon gut. Aber ich lasse es nur zu, wenn ich auch mit darf. Selbst wenn die Sache sehr abrupt für mich enden sollte.« Er öffnete seine Instrumententasche und holte einen altmodischen britischen Armeerevolver hervor. »Den hab' ich schon seit Gott weiß wann. Wird Zeit, ihn zu benutzen.«

»Ihr seid ja beide verrückt«, schimpfte Ezra. »Habt doch überhaupt keine Chance.«

»Stimmt genau«, sagte ich. »Genauso viele Chancen wie das Rettungsboot auf seiner Fahrt zum gefährlichsten Riff des Nordatlantiks. Im entsetzlichsten Unwetter seit Menschengedenken.«

Jetzt hatte er was zu schlucken, und Simone sagte plötzlich: »Du versuchst es doch, Owen – du versuchst, ihn rauszuhauen?«

»Ich bin Experte im Einzelkampf gegen eine Meute. Wenn es Ezra auch nicht glaubt. Fünf Jahre spiele ich dieses Spiel schon: Jetzt aber auf nach Charlottestown. Mal sehen, was sich dort tut.«

Das klang außerordentlich zuversichtlich, und beinahe glaubte ich selbst daran.

Gleich nach dem kleinen Flugplatz jenseits der Straße kam der große Wasserturm auf dem Hügel oberhalb Charlottestown. Von hier aus genoß man einen Panoramablick über alle Straßen und Gäßchen bis zum Hafen hinunter. Er wirkte wie ein Spielzeugmodell.

Die Kirchenglocke läutete – makabrer Klang zu diesem Anlaß. Radl war offensichtlich in Höchstform. Paddy Riley betrachtete durch seinen Zeiss-Feldstecher die Vorgänge auf dem Friedhof. Nach einer Weile reichte er mir das Glas. »Sieht nicht gerade gut aus.«

Jetzt hatte auch ich Kirche und Friedhof im Blickfeld. Sehr effektvoll arrangiert, das mußte man ihm lassen. Mindestens hundertfünfzig Todt-Arbeiter in mehreren langen Reihen an der Mauer. Davor vierzig bis fünfzig Pioniere, alle mit Gewehren. Feldwebel Schmidt mit aufgepflanztem Bajonett vor dem ganzen Trupp.

Wo mochte Schellenberg sein? Da, neben Grand und Hagen, den zwei Überlebenden aus Fitzgeralds Gruppe. Jeder von einem SS-Mann mit Maschinenpistole im Anschlag flankiert. Es sah nicht gut aus für Schellenberg.

Dann suchte ich die Brandenburger; ich entdeckte Lanz, Obermeyer und Hilldorf am Haupttor, bewacht von drei Militärpolizisten, deren metallene Brustschilder im grauen Dämmerlicht aufblinkten.

Steiner war nirgends zu sehen, aber alle warteten offensichtlich auf etwas. Vermutlich auf die Ankunft Radls. Beide Flügel des großen schmiedeeisernen Tors standen weit offen. Interessant war für mich das alte Bankgebäude – die jetzige Platzkommandantur – hinter dem Friedhof. Im Haus daneben hatten die Funker ihr Domizil. Die Fenster im ersten Stock standen offen und gaben beste Sicht auf den Friedhof. Mit dem Feldstecher erspähte ich zwei Soldaten im vorderen Zimmer. Sie standen aber weit weg vom Fenster, wohl um von Radl nicht entdeckt zu werden.

Wie in alten Zeiten im französischen Untergrund. Damals hatten wir auch immer zu wenig Zeit. Man mußte die Lage in wenigen Minuten einschätzen, die schwache Stelle finden und rasch handeln. Ich senkte das Glas, Simone nahm es mir ab.

»Wie sieht die Funkzentrale neben der Kommandantur innen aus?« fragte ich.

»Hat den Grouvilles gehört«, sagte Paddy. »Du mußt doch oft dort drin gewesen sein.«

»Ich meine, wie es jetzt innen aussieht?«

»Ich war ein paarmal drin«, berichtete Ezra. »Unten sind die Schlafräume. Im ehemaligen Salon oben ist der Funkraum, nach hinten raus, zum Friedhof hin.«

»Wie viele Leute haben sie?«

»Manchmal ist da nur der diensthabende Funker, gelegentlich sind aber auch vier zugleich dort. Warum?«

»Scheint mir die einzige schwache Stelle zu sein. Vielleicht kann ich Radl von diesem Punkt aus erschießen.«

»Und was würde uns das helfen?«

»Der Krieg ist so gut wie vorbei, das wissen die meisten Soldaten dort unten. Ist Radl erst einmal tot, sehen sie die Dinge vielleicht ganz anders. Schließlich respektieren sie alle Steiner.«

»Und die SS-Leute? Wie würden die auf Radls Tod reagieren?«

Simone schrie leise auf. Ich nahm das Glas an mich und stellte es auf meine Augenschärfe ein. Zwei SS-Leute brachten Steiner herein. Sie blieben unter der Buche stehen.

Genau zehn Minuten vor acht.

»Alles ist vorbereitet«, sagte ich. »Es fehlt nur noch Radl. Macht ihr beide mit?«

Im Grunde richtete sich meine Frage an Ezra, und das wußte er auch.

Ezra seufzte und nickte. »Ja, Owen, ich tue alles, was du willst. Ich werde nicht tatenlos zusehen, wie sie den armen Kerl hängen.«

»Schön, dann schafft mich so schnell wie möglich zur Funk-zentrale. Alles Nähere erkläre ich euch unterwegs.«

Ich legte mich hinten im Wagen auf den Boden, Simone breitete eine alte Decke über mich. Viel Zeit hatten wir nicht mehr, aber da Radl ein pünktlicher Mann war, konnten wir wenigstens damit rechnen, daß vor der angesetzten Zeit – also acht Uhr – nichts passieren würde.

Paddy bremste den Wagen, Ezra und Simone sprangen heraus.

Nach einer Weile flüsterte Paddy: »Jetzt, so rasch du kannst!«

Geduckt erreichte ich das Vorhaus des alten Gebäudes – Ezra hielt mir schon die Tür auf. Die Mauser gegen den Schenkel gedrückt, den Finger am Abzug, betrat ich die düstere Eingangshalle. Überall Zeichen militärischer Besetzung: keine Teppiche mehr, Farbe bröckelte von den Wänden. Die schönen alten Ornamente waren abgeschlagen und verkratzt.

Nur der goldgerahmte Spiegel am anderen Ende schien noch unversehrt zu sein. Ein kleiner Mann lauerte mir dort im Schatten entgegen, fast bedrohlich. Aber den kannte ich ja nun schon eine Weile, diesen Mann, der so rasch und so gut töten konnte.

Über die Treppe nach oben ging ich voran, Riley und Ezra hinter mir. Simone sollte in der Halle bleiben. Riley hatte seine alte Fünfundvierziger in der Hand. Ich flüsterte ihm zu: »Nur im äußersten Notfall, bitte. Ich möchte es lieber leise erledigen.«

Ganz sachte öffnete ich die Tür und trat in den Funkraum. Auf der einen Seite standen die Geräte, ein Funker mit übergestülpten Kopfhörern saß davor. Ein zweiter Mann sah zum Fenster hinaus, neben ihm stand einer von der SS, die Maschinenpistole über der Schulter.

Der Mann am Funkgerät entdeckte mich zuerst; seine Augen weiteten sich. Ich legte die Finger auf die Lippen und holte die Mauser heraus. Auf Zehenspitzen näherte ich mich von hinten dem SS-Mann und preßte ihm die kalte Mündung der Mauser in den Nacken. Stocksteif stand er da, als ich ihm die

Maschinenpistole abnahm. Ich gab sie Ezra und trat einen Schritt zurück.

»Umdrehen jetzt, alle beide, und weg vom Fenster! Das Ding hier hat einen Schalldämpfer – also tut lieber, was ich sage.«

Und das taten sie auch, allerdings auf verschiedene Weise. Der Funker sah mich nur müde an, der SS-Mann dagegen wartete offensichtlich ungerührt auf einen Augenblick, in dem er wegkonnte.

»Zur Wand rüber«, befahl ich. Im gleichen Augenblick hörte man draußen ein Auto bremsen.

Riley blickte hinaus. »Radl.«

Der Mercedes hatte genau am Friedhofseingang angehalten. Radl stand im Fond. In seiner schönsten Uniform. Wirklich sehr eindrucksvoll.

»Kannst du ihn von hier aus erwischen?« fragte Riley.

»Ich denke doch. Habe schon unter schlechteren Bedingungen mein Ziel getroffen.« Zwei Minuten vor acht. Der Funker am Gerät sprang plötzlich auf und sagte leise, mit beschwörender Stimme: »Herr Oberst, lassen Sie uns bitte am Leben. Der Krieg ist so gut wie vorbei. In Lüneburg werden bereits die Bedingungen ausgehandelt.«

»Halt's Maul!« befahl der SS-Mann.

»Es stimmt aber! Ich hab' es gerade im BBC gehört.«

Das war die Lösung. Ganz einfach. Wunderbar einfach. Ich wandte mich an den anderen Funker: »Rufen Sie es hinunter, daß der Krieg vorbei ist. Daß die Nachricht eben von Guernsey gekommen ist. So laut Sie können, damit es alle hören.«

Er sah mich ehrlich entsetzt an. »Das kann ich doch nicht. Radl läßt mich dafür erschießen.«

Der SS-Mann kam mir gerade rechtzeitig zu Hilfe. Machte einen Sprung zur zweiten Maschinenpistole, die an einem Türhaken hing. Ich erschoß ihn von hinten, er fiel gegen einen Tisch und landete krachend auf dem Boden.

Ich streckte den Arm aus, die Mündung der Pistole berührte die Stirn des Funkers.

»Noch drei Sekunden! Wenn Steiner stirbt, sind Sie auch dran!«

Das Blut des Toten war bis zur Wand gespritzt, Pulvergestank erfüllte den Raum. Eine jener endlosen Pausen setzte ein, die man nie im Leben vergessen kann. Dann wandte sich der Funker verängstigt um und stolperte zum Fenster.

Die Schlinge lag bereits um Steiners Hals; eben wollte man das Seilende über einen geeigneten Ast der Buche werfen. Als ich hinter den Funker trat und ihm über die Schulter blickte, ergab sich von ganz anderer Seite eine Störung.

Simone tauchte am Friedhofseingang auf, sah Steiner unter dem Baum und schrie laut auf. Ein entsetzlicher Schrei. Radls wunderbare Schau war geplatzt. Alle wandten sich um, Stimmengewirr erfüllte den bisher so friedlichen Platz. Simone rannte am Mercedes vorbei, hatte Steiner schon fast erreicht, als eine SS-Wache sie packte. Sie wehrte sich verzweifelt, stieß um sich, so sehr sie konnte. Und dann geschah etwas, was Radl nicht gerade half. Der SS-Mann verlor die Geduld und streckte Simone mit einem Faustschlag ins Gesicht zu Boden.

Jeder da unten – egal, welcher Nationalität – hatte schon einmal irgendeine Freundlichkeit von Simone erfahren. In Wort oder Tat. Außerdem war sie die einzige Frau auf der Insel. Die einzige Frau, die die meisten von ihnen seit einem Jahr zu Gesicht bekommen hatten. Das gab ihr eine ganz besondere Aura.

Ein fast tierisches, zorniges Brüllen war plötzlich zu hören. Nicht nur die Todt-Arbeiter schwärmten nach vorn, nein, auch die Pioniere und Artilleriesoldaten. Alle hielten ihre Gewehre im Anschlag.

Radl brüllte. Versuchte, sich Gehör zu verschaffen. Jetzt oder nie, dachte ich. »Gib mir mal deine blöde Kanone«, sagte ich zu Riley und riß sie ihm schon aus der Hand. Ich hatte vergessen, wie laut diese alten Webleys krachten. Zweimal feuerte ich aus dem Fenster. Der Widerhall donnerte über den Friedhof, vermischte sich mit dem Glockengeläut und ließ alle dort unten vor Schreck erstarren. Sie wandten sich erschrocken um, ich rammte den Revolver an den Hinterkopf des Funkers, hielt mich aber außer Sichtweite.

»So, jetzt!« befahl ich heftig. »Brüllen Sie runter, oder ich drücke ab.«

Diesmal gehorchte er. »Der Krieg!« schrie er. »Der Krieg ist aus! Eben ist die Nachricht von Guernsey durchgekommen!«

Die paar Sekunden Stille danach schienen ewig zu dauern, dann tobten die Leute wie irr. Das Gebrüll muß bis zum anderen Ende der Insel zu hören gewesen sein und die Männer in den Verteidigungsstellungen sehr beunruhigt haben.

Alles rannte durcheinander, sprang über die Gräber. Sie umdrängten Steiner, lösten das Seil.

An einigen Punkten sah ich die Helme der SS-Wachen, die sich den Weg zu Radl, zum Mercedes freikämpften. Es fielen keine Schüsse – niemand wurde gewalttätig. Sie hatten alle nur ein Ziel gehabt, Steiner zu retten. Was dann geschah, weiß ich nicht. Vielleicht geriet einer von der SS in Panik; eine Maschinenpistole knatterte, die Menge zerstreute sich, drei Männer lagen auf dem Boden.

Ein Pionier befand sich auch darunter. Die Wirkung auf seine Kameraden war erstaunlich. Einige hoben das Gewehr und feuerten, zwei der SS-Leute fielen.

Und dann entdeckte ich Steiner. Er rannte durch die Menge, schrie etwas, ruderte mit den Armen. Die Pioniere senkten ihre Gewehre. Ganz still war es wieder, als er ins Niemandsland zwischen den beiden Seiten trat.

In der darauffolgenden Stille konnte ich jedes Wort verstehen; die Kirchenglocke hatte aufgehört zu läuten. Beide Hände in die Hüften gestemmt, stand er gegenüber Radl. Wandte sich dann an die Menge hinter ihm.

»Keine Schießerei mehr, kein Mord! Es ist alles vorbei – habt ihr nicht verstanden? Wir haben den Scheißkrieg hinter uns!«

Radl zog seine Luger heraus und schoß ihm zweimal in den Rücken.

Danach schien alles zugleich zu passieren. Ich lehnte mich aus dem Fenster, um auf Radl zu schießen, der Mercedes reversierte bereits unter dem Feuerschutz der SS-Leute durch die Einfahrt.

Die meisten auf dem Friedhof hatten sich intelligenterweise zu Boden geworfen. Allzuviel schien die Schießerei nicht angerichtet zu haben. Ich rannte aus dem Funkraunm, die Treppe hinunter, immer drei Stufen auf einmal. Die Vordertür stand offen. Als ich in die Halle kam, fuhr der Mercedes gerade vorbei. Mindestens ein Dutzend SS-Leute hingen daran, ein paar liefen hinterdrein. Nachdem alle vorüber waren, trat ich hinaus, ließ mich auf das Pflaster fallen und fing zu schießen an.

Ich war nicht allein. Riley lag neben mir: Seine alte Fünfundvierziger donnerte wie die Kanonen von Waterloo; Ezra betätigte von der Tür her ein Maschinengewehr. In der schmalen Straße hatten die hinter dem Auto herrennenden SS-Leute keine Chance. Der Mercedes fuhr jetzt schneller, verschwand um die Ecke, die Männer wandten sich um, feuerten verzweifelt zurück. Binnen weniger Sekunden hatten wir den letzten zur Strecke gebracht.

Bei einem kurzen Blick über die Schultern entdeckte ich Schellenberg, ein Gewehr in der Hand, hinter ihm mindestens ein Dutzend Pioniere, drei Militärpolizisten und die Brandenburger, ebenfalls sämtlich mit Gewehren bewaffnet. Paddy Riley rannte an ihnen vorbei zum Friedhof. Auch ich sprang auf und folgte ihm. Alle schrien durcheinander, Grant und Hagen schwangen ihre Gewehre, schafften Platz für Riley. Steiner lag auf dem Rücken, starrte ins Leere hinauf. Das Blut auf seinem Gesicht vermischte sich mit dem Regen, rann über die Jacke. Eine der Kugeln war vorn wieder ausgetreten. Simone kniete neben ihm. Sie sah ganz benommen aus, war offenbar noch unter dem Schock des Faustschlags. Wie schlimm es um Steiner stand, schien sie gar nicht zu begreifen. Grant und Hagen schauten mich ungläubig an. Ich schob mich an ihnen vorbei, kniete neben Steiner und Riley. »Sieht schlimm aus, Owen«, sagte Paddy.

»Owen?« Steiners Blick suchte mich. »Owen, bist du's?«

Ich beugte mich über ihn. »Höchstpersönlich, Manfred. Bin mit den übrigen Wrackteilen bei Flut hereingetrieben.«

»Hab' schon immer gewußt, daß du ein toller Kerl bist.« Er

tastete nach der Kehle, ergriff das Ritterkreuz und riß es mit einem Ruck ab. Hielt es mir blindlings hin. »Für dich, Owen, du hast es verdient. Kümmere dich um Simone, immer – verstehst du?«

Ich suchte nach Worten, aber es war schon zu spät. Seine Augen schlossen sich, der Kopf kippte zur Seite. Simone schrie wie ein wundgeschossenes Tier und brach ohnmächtig über ihm zusammen.

»Wenn ich sterbe, soll er auch dran glauben müssen – tun Sie mir den Gefallen?« Diese Worte am Strand von Granville und meine Antwort darauf hörte ich wieder ganz deutlich. Ich starrte das Ritterkreuz in meiner Hand an, steckte es dann sorgsam in meine Tasche und bahnte mir einen Weg zu Schellenberg und seinen Leuten. Sie standen am Tor. Eine Hand packte mich an der Schulter, drehte mich herum. Ich sah in Grants verzweifeltes Gesicht. »Was ist mit unserem Major?«

»Er starb auf der ›Hamburg‹, ehe sie versank«, sagte ich ihm. »Er war schwer verwundet. Hätte einen Arzt gebraucht, aber da draußen gab's keinen. Ich habe alles getan, was in meiner Macht stand. Es tut mir sehr leid.«

Der Schmerz in dem großen, sonst so eisernen Gesicht war schrecklich anzusehen. »Wir hätten zurückgekonnt, hätten ihn holen können, aber Radl ließ uns nicht.« Es schüttelte ihn vor Wut. »Den Kerl kauf' ich mir dafür.«

Ich ging zum Tor. Jetzt waren alle da – die übriggebliebenen Brandenburger, Schellenberg mit seinen Pionieren, Schmidt, dessen bester Freund vor seinen Augen aufgehängt worden war, Brandts Polizisten – alles Leute, die mit Radl eine Rechnung zu begleichen hatten. Stiefel polterten über die Pflastersteine, ein Pionier bahnte sich eilig seinen Weg zu Schellenberg.

»Bin durch die Fischstraße rauf zum neuen Wasserturm«, keuchte er. »Sie sind nach Fort Edward gefahren.«

Schellenberg baute sich vor mir auf. Seine Stirn war blutig, die Brille saß ihm schief im Gesicht. Er rückte sie zurecht, nahm dann Haltung an. »Herr Oberst, ich unterstelle mich mit meinen Leuten Ihrem Kommando. Wir erwarten Ihre Befehle.«

Ich spürte, wie alle auf meine Antwort warteten. Grant wandte sich langsam zu mir um, sah mich fordernd an, ich nickte. »Na schön, dann wollen wir uns den Kerl mal holen!«

18

Oben, im Hof der alten Spedition, fanden wir alles, was wir brauchten: jede Menge Waffen und Munition. Als Transportmittel nahmen wir uns einen Dreitonner und einen kleinen gepanzerten Truppentransporter mit schwerem Maschinengewehr auf der Ladefläche.

Mein Plan – wenn man es einen Plan nennen konnte – war, Radl so schnell wie möglich zu erreichen und fest zuzuschlagen, ehe er eine Verteidigung aufbauen konnte. Knapp ein Dutzend SS-Leute befanden sich jetzt noch bei ihm, aber alles erstklassige Kämpfer, die wir wohl nur unter schwersten eigenen Verlusten aus dem Fort zwingen konnten.

Auf dem Fort gab es höchstens ein Dutzend Artilleristen, das war nicht so schlimm. Selbst wenn sie sich entschlossen, Radls Befehlen zu gehorchen – was nicht nur wahrscheinlich, sondern auch verständlich schien.

Kurz vor dem Steilstück zum Fort hielten wir an, ich rekognoszierte mit Schellenbergs Feldstecher. Das Haupttor war geschlossen, über den Sandsäcken des Maschinengewehrstandes davor sah ich zwei SS-Helme. Dachte kurz nach und faßte dann meinen Entschluß. »Der Truppentransporter fährt voran. Wir kommen nur damit durchs Tor. Ich brauche drei Leute: einen fürs Steuer, zwei fürs Maschinengewehr. Alle anderen auf den Lastwagen.«

Schmidt, der den Truppentransporter bis hierhin gefahren hatte, sah beim Sehschlitz hinaus.

»Dann bleibe ich am besten dran. Ich kenne mich mit den Dingern aus.«

Lanz und Obermeyer saßen bereits am Maschinengewehr,

es gab also nichts mehr zu besprechen. Ich stieg ins Führerhaus des Lkws, den Schellenberg steuerte. Wir folgten den anderen in zwanzig Meter Abstand. Schmidt beschleunigte – Schmutz und Schlamm spritzten hinter seinem Wagen hoch. Aus etwa hundert Meter Entfernung begann das Maschinengewehr beim Tor zu rattern. Der Truppentransporter fuhr ungerührt weiter; die Kugeln prallten an seinen Panzerplatten ab.

Lanz und Obermeyer erwiderten das Feuer. Es zerplatzten aber nur einige Sandsäcke und verursachten eine solche Staubwolke, daß wir kaum erkennen konnten, was oben los war.

Etwa mit siebzig Stundenkilometern prallte der Truppentransporter auf das Tor, riß die Flügel auseinander. Das Vehikel zitterte und verlor an Geschwindigkeit, so daß wir näher aufrückten. Als wir am Gewehrposten vorbeikamen, lehnte sich Schellenberg mit einer Granate in der Hand aus dem Fenster und warf sie zu den zwei blassen Gesichtern hinüber, die man schwach in der Staubwolke erkennen konnte. Unser Laster schüttelte sich bei der Explosion, ratterte aber unbeschädigt durch den granitenen Torbogen mit der Victoria Regina und dem Datum 1856. Die zerbrochenen Torflügel zersplitterten unter seinen Rädern, wir wurden auf unseren Sitzen durchgerüttelt. Der Truppentransporter fuhr quer in den Hof. Ich sah Obermeyer herunterfallen, die Hände über dem blutigen Gesicht. Lanz schwenkte das Maschinengewehr herum. Auf dem Wall über dem Hof waren Männer: SS-Leute, wie ich an den Helmen erkannte. Sie feuerten wütend herunter. Zwei sprangen in den Hof, der Truppentransporter schleuderte seitwärts und landete in einem geparkten Lkw bei der Treppe am anderen Ende.

Schellenberg bremste, wir kletterten rasch heraus. Ich sah Hilldorf nach vorn laufen; Lanz hatte Schmidt schon hinter dem Steuerrad vorgezogen. Er rollte ihn zu Hilldorf hinunter und sprang nach. Sie packten ihn zwischen sich unter den Achseln, rannten los und erreichten gerade noch rechtzeitig den Säulengang bei der Treppe. Eine halbe Sekunde später

172

explodierte der Benzintank des Truppentransporter wie eine
Bombe, brennender Treibstoff flog in weitem Umkreis durch
den Hof. Der Lkw, in den er hineingefahren war, fing wild zu
brennen an, dicke schwarze Rauchschwaden durchzogen
den Hof.
Ein wahrer Alptraum folgte – jeder war auf sich selbst gestellt. Alle rannten und schossen durcheinander. Eine Maschinenpistole lag auf dem Boden. Ich hob sie auf und lief
zur Walltreppe. Grant und Hagen waren plötzlich neben mir.
Ein SS-Mann sprang mich aus dem Qualm heraus geduckt
an. Mit gefletschten Zähnen. Zielte mit der Maschinenpistole auf meinen Bauch. Grants und Hagens Waffen bellten
gleichzeitig, er verschwand ebenso schnell, wie er aufgetaucht war, wieder im Rauch.
Eine Granate explodierte, Leute brüllten wie verrückt, Gewehrschüsse knallten ununterbrochen. Ein schriller Auf-
schrei. Ich stolperte die Treppe hinauf zum Wall; der Rauch
wurde hier vom Wind verzerrt. Hielt jetzt die Mauser in der
Hand. Eine Gestalt tauchte vor mir aus dem Brandschein auf,
feuerte Schüsse ab. Hagen brüllte auf, fiel zu Boden. Schellenberg nahm seinen Platz ein.
Der Rauch lichtete sich noch mehr: Jetzt waren drei vor uns,
in zehn Meter Entfernung. Schellenberg ließ sich auf ein
Knie fallen, hielt seine Luger mit beiden Händen, schoß kaltblütig; schrie plötzlich auf, schlug sich die Hand vors Gesicht und sackte um.
Jetzt war es nur noch eine Gestalt; ich zielte mit der Mauser,
sah sie schwanken und fallen. Ein starker Windstoß ließ die
letzten Rauchschwaden wie durch Zauberhand zerstieben.
Ich befand mich jetzt auf dem höchsten Punkt des Forts. Radl
war keine fünf Schritte von mir entfernt. Er hielt eine Maschinenpistole in der Hand, erkannte mich aber nicht. Grant
trat zwischen uns, ging mit bloßen Händen auf ihn zu. Radl
durchsiebte ihn mit Kugeln, Grant lief aufrecht weiter, erreichte ihn fast, fiel zu Boden – einen halben Meter vor dem
Mann, den er bis in den Tod gehaßt hatte.
Ich war ihm nachgerannt, kam aber zu spät. Radl hob den

Lauf seiner Maschinenpistole, und dann erkannte er mich – sah einen Toten lebendig vor sich. Er zögerte, ließ den Finger vom Abzug rutschen, flüsterte meinen Namen. Ich hielt das Schnappmesser in der Hand, hob den Arm, ließ die Klinge hervorspringen und stieß zu – vom Kinn, durch den Gaumen bis zum Gehirn. Im Todeskampf feuerte er die letzten Schüsse in den Boden, ließ die Maschinenpistole fallen und packte mich. Mit aller Gewalt zog ich das Messer heraus, er schwankte einen Augenblick lang, starrte mich an und fiel dann nach hinten über die niedrige Brüstung in die aufschäumenden Wellen am Fuß der Klippen.

Lange blieb ich dort stehen, reinigte das Messer mechanisch an der Jacke, klappte es zu und steckte es in die Jacke. Wandte mich dann um und sah Schellenberg aus dem Rauch auftauchen, ein blutiges Taschentuch an die Wange gedrückt. Er konnte nur mit Mühe sprechen. Was er hervorstieß, definierte die Lage zur Genüge. »Es reicht immer noch nicht für Steiner.«

Was sollte ich darauf sagen? Ich ging an ihm vorbei die Treppe hinunter und stieg über die zerfetzten Körper im Hof.

Fand einen Kübelwagen, kletterte hinter das Steuerrad und fuhr nach Charlottestown. Müde war ich – müde wie noch nie in meinem Leben. Zu viel war in zu kurzer Zeit passiert. Zu viel Zerstörung, zu viele Tote.

In der Hauptstraße drängten sich Todt-Mitarbeiter und deutsche Soldaten, wanderten ziellos herum. Auch für sie war etwas zu Ende gegangen, sie bewegten sich unsicher in der Vorhölle zwischen Vergangenheit und neuem Beginn.

Ezra kam gerade aus dem Friedhof, winkte und rannte zu mir. »Was war oben los?«

Ich berichtete, aber er wirkte ganz uninteressiert. »Ich suche Simone – sie ist verschwunden. Erst kam sie mit ins Lazarett und wollte dann nicht warten. Es war zuviel für sie.«

Ich starrte ihn ungläubig an. »Soll das heißen, daß Steiner noch lebt?«

»Er ist böse dran, aber so schlimm war es doch nicht, wie

Paddy zuerst annahm. Eine Kugel ist direkt durch die Lunge gegangen, die andere an den Rippen abgeprallt. Er bleibt bestimmt am Leben.«

»Und Simone weiß es noch nicht?«

Er nickte. »Weiß Gott, wo sie jetzt steckt. Arme Kleine.«

Ich wußte es aber – wußte, wo sie zu finden war.

Schon vom Klippenrand aus sah ich sie unten an der Bucht. Kletterte hastig am Minenwarnschild vorbei zum Strand: wie, weiß ich selbst nicht mehr, meine Knochen schienen wie Gummi. Ich stolperte mehrmals und fiel einmal fast hinunter.

Am Ende des Pfads ließ ich mich in den weichen Sand plumpsen, ruhte kurz aus und lief dann zu ihr vor. Sie wandte sich um, ihre Augen waren vom Weinen verschwollen. Wie leid sie mir tat! Sie fiel mir in die Arme, wie früher so oft. Ich strich ihr übers Haar. »Er kommt durch, Simone. Das haben wir beide gemeinsam: Wir kommen immer durch!«

Sie hob langsam den Kopf, ihre Augen waren rot. »Manfred lebt noch? Er lebt?«

Sie entzog sich mir und rannte über den Strand, stolperte im lockeren Sand, schluchzte hysterisch. Ich sah ihr nach, wie sie über die Felsen zum Pfad hinaufkletterte, rasch immer höher kam.

So schlimm war es gar nicht, wie ich vorher gefürchtet hatte. Irgendwie hatte ich mich wohl schon an den Gedanken gewöhnt. Es war so schön hier draußen, die Wellen schwappten auf den weißen Sandstrand, und ich dachte ganz plötzlich ohne Grund an Mary Barton. Wünschte sie mir neben mich. Sehnte mich nach ihr, wie ich es nie für möglich gehalten hätte.

Ich ließ mich in den Sand fallen, lächelte unwillkürlich, denn irgendwie fing das Leben jetzt wieder an. Alles war vorüber. Nicht nur die Ereignisse der letzten Wochen, sondern alles, die ganzen sechs Jahre. Und mein Lohn dafür? Der Verlust eines Auges? Das Ritterkreuz. Henry würde das Ergebnis

Spaß machen. Das Leben ist schon eine komische Sache – ganz gleich, wie man es auch anpackte.

Eines fehlte noch. Ich griff in die Tasche, holte das Messer raus, ließ die Klinge hervorspringen und warf das Ding mit aller Kraft ins Meer. Es blitzte einmal auf und verschwand dann für immer im grauen Naß.

Ein Sturmvogel kreischte über mir, stieß scharf nach unten und flog dann in die Weite. Ich stand auf und ging durch den Sand zum Klippenpfad. Schritt um Schritt kletterte ich nach oben.